S. Desiderium

Schatten-schleier

Gretchenfrage

S. DESIDERIUM

SCHATTEN SCHLEIER

GRETCHENFRAGE

Bibliografische Information der Deutschen Nationalbibliothek: Die Deutsche Nationalbibliothek
verzeichnet diese Publikation in der Deutschen
Nationalbibliografie; detaillierte bibliografische
Daten sind im Internet über dnb.dnb.de abrufbar.

© 2024 S. Desiderium
Cover, Illustration: Jana Stehr

Verlag: BoD · Books on Demand GmbH, In de
Tarpen 42, 22848 Norderstedt

Druck: Libri Plureos GmbH, Friedensallee 273,
22763 Hamburg

ISBN: 978-3-7597-9356-0

In einer einzigartigen Welt
Wird die Geschichte von Gretchen
erzählt

Das Mädchen

Die Sterne funkelten in der Nacht
Schon bald erwachte des Tages Pracht
Die Geschichte begann mit dem Sonnenauf-
gang
Und dem Sonnenstrahl, der in die Welt ein-
drang
Langsam erstrahlte die Natur
Der rauschende Fluss folgte seiner Spur
Die Quelle lag in den Bergen
Welche hohe Hügel, weite Wälder und die
Natur verbargen
Niemand wollte so hoch in den Bergen sein
Alle Dorfbewohner sagten dazu nein
Es war Frühling, doch dort oben noch so kalt
Viele Gefahren lauerten und da war auch der
unheimliche Wald
Zumindest dachten die Bewohner das
Als man von einigen Knochenfunden in der
Zeitung las
So suchten die Dorfbewohner zu Beginn den
Wald ab
Es gingen mehr Einheimische hinauf als
hinab
Aus diesem Grund und der Gefahr sperrte
man den Wald
Der von diesem Zeitpunkt als sicherer Tod
galt

Für einige Zeit herrschte im Dorf Ruhe
Jeder einzelne hatte eine volle Truhe
Sie war gefüllt mit Nahrungsmittel
In Kürze verringerte sich der Vorrat um
zwei Drittel
Es herrschten miserable Zustände
Jeder hatte schmutzige Hände
Tote, Kranke, Verletzte, Hungernde, Waise
und die Qual
Die Leute hatten keine andere Wahl
Sie raubten und kämpften fürs Überleben
Eigensinnig wollte der einzelne Bewohner
alles an sich nehmen
Es herrschte grosse Not
Als sicher galt im Dorf jetzt auch der Tod
Kaum Vieh und nur wenig angepflanztes
Getreide
Auf der braunen, übriggebliebenen Weide

In dieser Zeit wurde das Gretchen geboren
Und sie hatte schon im jungen Alter ihre
Mutter an die Seuche verloren
Das Gretchen beweinte jeden Tag ihren
schwersten Verlust
Ihr war das gesamte Chaos im Dorf bewusst
So wuchs Gretchen als Waise auf
Jeden Tag schaute sie in den grauen, finste-
ren Himmel hinauf
Sie hatte in der Kindheit eine schwere Zeit
Gretchen hatte keine Freunde, Familie und
erfuhr jeden Tag neues Leid

Das kleine Mädchen fühlte sich sehr oft betrübt
Und hatte das Überleben geübt
Gretchen brauchte nur wenig
Ihr Mitleid war gegenüber den anderen
Schwachen sehr selig
Drei Mal am Tag teilte sie ihr Essen
Das gute Gefühl liess sie ihre Traurigkeit
vergessen
Sie verhielt sich in der Kindheit wie eine
funkelnde Blume oder eine Fee
Die erwachte aus einer schwarzen, verstreuten, bedeckten Asche aus Schnee

Am liebsten verbrachte Gretchen ihre Zeit
in der Natur
Ausserhalb des Dorfes trat sie auf wie eine
ganz andere Figur
Statt traurig und verzweifelt war sie glücklich
Ihr Lachen und ihre Augen zeigten dies ausdrücklich
Dort war sie der Verfasser
Sie sah saftiges Gras, kalte Steine, Blumen,
Tiere und Wasser
Wenn einmal die Sonne hervorkam
Hatte sie stets einen Plan
Sie spazierte jedes Mal ins Tal
An diesem Ort waren ein Fluss und ein Wasserfall
Sie faszinierte sich für die Farben, den
Schaum, die Steine und das Rauschen

Für Nichts ausser ihrer Mutter würde sie den
Anblick tauschen
Ihr Gesicht streifte jedes Mal hauchdünne
Wassertröpfchen
Das freute das Gretchen

  Das Dorf erholte sich langsam vom harten
Schicksalsschlag
Sodass wieder eine gute Zeit vor ihnen lag
Die Tage vergingen und Gretchen wurde er-
wachsen
Der Aufschwung liess Gretchens Herz
wachsen
Doch sie wusste jeden Tag
Dass ihr Glück nicht hier lag
So traf sie ihre Entscheidung
Und packte ihre Kleidung
Ihr Haus verschenkte sie
Auch ihre Felder, Getreide und ihr Vieh
Gretchen spendete alles, was sie einst als
Dank für die schwere Zeit bekam
Nichts von dem entsprach Gretchens
Charme
Was wollte sie mit einem Goldring
Die Leute wollten nicht, dass sie ging, da
Gretchen die Leute in der Dunkelheit auf-
fing
Ihnen Mut machte
Und sie jeden Tag über Lebende, Kranke
und Tote wachte
Gretchen flehte die Bewohner an
Sie wusste, was auf das Dorf zu kam

Wegen dem zukünftigen Chaos allein
Behielt sie ihre Bedenken geheim
Ihre Hilfe in der Vergangenheit war wahr
Weshalb man ihr ihren Wunsch gewahr
Sie sagte, sie würde zurückkommen
Und dann wird sich das Dorf in der Sonne
sonnen
Beim ersten Punkt blieb sie unsicher
Doch beim zweiten Satz war sie ganz sicher
Vielleicht entsprach dies der einzigen Lüge,
die Gretchen sagte
Da eine unheilbare Krankheit Gretchen jagte

 Ihr Weg ging hinaus
Weit und breit kein Landhaus
Sie lief immer dem Weg entlang
Die Füsse waren bedeckt mit Dreck und
Schlamm
Gretchen lachte, endlich konnte sie die Welt
begutachten
Wodurch ihre Freude und ihre Freiheit er-
wachten
Sie blieb zufrieden mit allem
So tat sie sich selbst einen Gefallen
Trotzdem nahm Gretchen eine grosse Last
auf sich
Die Bewohner waren jetzt alle so glücklich
Das Leid hatte sie sich abgeschworen
Niemand sollte mehr hilflos sein oder verlo-
ren
Und Gretchen wollte dafür sorgen
Dass es für alle gab einen Morgen

Ihr Weg führte sie zum Waldrand
Überall standen Warnungen, sie hingen an-
einandergereiht an einem Band
Es gab keine Lücke
Doch ihr Weg verlief über eine Brücke
Trotz den Warnungen, die Gretchen sah
Ihrem Ziel war sie schon ganz nah
Und dennoch so weit entfernt
Vertrau deinem Gespür, hatte sie einst ge-
lernt

Vor dem Wald blieb Gretchen stehen
Ihre Beinchen wollten nicht weiter gehen
Sie hatte vor dem Wald Angst
Da sich der Tod dort drinnen verschanzte
Das Mädchen kannte die unheimlichen Ge-
schichten
Die ganzen Leute mussten davon berichten
Die Erzählungen waren es nicht
Sondern die Vergangenheit, die sie fast je-
den Tag bricht
Gretchen sah in den Wald hinein
Und fühlte sich plötzlich so allein
Allerdings führte kein Weg vorbei
Sie schloss die Augen und zählte bis drei
Und sie sagte sich: «Für die Mitmenschen,
für das Land!
Für ihr Fortbestand!»
So trat Gretchen in den verbotenen Wald ein
Und fühlte sich gut, als wäre sie daheim

Immer weiter schritt sie in den Wald
Sie bekam urplötzlich kalt
Gretchen sah Bäume, Rehe, Laub, Steine,
Äste und Moos
Und kam sich vor als Teil eines geschosse-
nen Fotos
Doch der Duft der Tannen
Liess Gretchen immer tiefer entspannen
Es war das Parfüm der Nadeln, das auf Gret-
chens Haupt fiel
Ein Duft, so unscheinbar, so subtil
Gretchen gähnte, sie wurde schwach und
müde
Ihr kam das so vor wie eine Lüge
Doch schon bald entschlief sie
Und tankte zugedeckt unter den fallenden
Blättern und Nadeln neue Energie

Als sie am nächsten Tag erholt erwachte
Konnte das Mädchen sehen, wie die Sonne
lachte
Sie lag in einem Bettchen
Verwirrt war das Gretchen
Schliesslich lag über ihr eine Wolldecke
Gretchen erkannte: Sie befand sich in einer
fremden Zimmerecke
Sie stand auf und ging durch die offene Tür
Das junge Mädchen vertraute ihrem Gespür
Vieles ging Gretchen durch den Kopf, doch
dies nicht
Vom Himmel schien das Licht

Und sie fand vor ihren Augen eine Zivilisation
All die erzählte Information
War also falsch
Von damals
Alle verschwundenen Leute kamen hier hin
Und blieben im Wald drin
Gretchen sah die Farben der Natur und verstand auch
Hier herrschte kein Missbrauch
Genau wie die anderen Leute wurde sie magisch angezogen
Und all ihre Sorgen verflogen
Der Wald gab ihnen alles, was sie brauchten
Die verschollenen Bewohner suchten Beeren, pflanzten Getreide und errichteten Bauten
Sie konstruierten unzählige Holzhütten
Gretchen beobachtete, wie die Leute Laub aufs Dach schütteten
Die Leute lebten mit dem, was sie hatten
Waren dies auch nur dünne, unbequeme Matten
Hier herrschte eine andere Philosophie als im Dorf
Hier gab es kaum Torf
Sie lebten alle glücklich und zufrieden
Alle Bewohner hatten für sich selbst entschieden
Auch wenn der Ort Zufriedenheit und Glück versprühte
Eine Blume war mehr als nur eine Blüte

Der Ort wirkte wie ein wunderschöner
Traum
Jeder genoss seinen Freiraum
Zum einen wollte sie in der Schönheit blei-
ben
Zum anderen wollte Gretchen weiter treiben
Schliesslich brach sie auf wegen einer Mis-
sion
Es gab nur eine Option
Zwar fühlte sich Gretchen plötzlich sehr
schwach
Und war nicht gerade hellwach
Doch sie musste weiter
Für den Berg besass sie keine Leiter
Es war noch ein langer Weg und sie musste
deswegen los
Was gerade geschah, war für alle Bewohner
kurios
Da sie als erste Person weiterging
Und ihr Leben jetzt am seidenen Faden hing
Gretchen verliess das Paradies auf Erden
Jetzt konnte Gretchen wieder sterben

Gretchen lief weiter in den Wald
So hoch oben war sie eine fremde Gestalt
Doch das Ende des grünen Königreichs hatte
sie noch nicht erreicht
Ihr Vorhaben war nicht leicht

Gretchen lief über Stock und Stein
Sah Rehe, Vögel, Füchse, Bären, Wölfe und
ein Wildschwein

Es existierten Tiere, die sie nicht kannte
Ihre Weltansicht öffnete die Schranke
Neue Eindrücke nahm sie auf
Doch schon bald ging es den Berg hinauf

  Sie entdeckte den Aufstieg schon
Doch es wirkte wie eine Illustration
Schliesslich musste Gretchen aus dem Wald
hinaus
Zu Beginn wurde nichts draus
Gretchen war gefangen
Da suchte sie Steine zusammen
Und schmiss sie
Es war wie Magie
Das Mineralbündel landete auf dem grünen
Gras
Gretchen nahm ihr Augenmass
Und ertastete die exakte Stelle in der un-
sichtbaren Wand
Sie verwehrte Gretchen den Zugang zum
Gebirgsland
Es war für sie wie eine unsichtbare Barriere
Und das Hindernis kam ihr in die Quere

  Ein weisser Hund kam auf Gretchen zuge-
laufen
Der Hund hörte Gretchens tiefes Schnaufen
Und fragte: «Ist bei dir alles ok?»
«Ich muss hinauf zum grossen Schnee»
«Du willst also auf den Berg?
Was bist du für ein niedlicher Zwerg?»
«Sage mir wieso?»

«Das entspricht nicht deinem Niveau
Du kannst die Barriere nicht einfach so über-
winden
Doch die Antwort zur Lösung musst du
selbst finden
Ich sage nur so viel
Das reine Herz ist das Ziel»
Gretchen betrachtete den Hund und schrie:
«Hallte inne und sage mir, geht es dir gut?
Aus deinem Beinchen fliesst Blut
Komm, ich verbinde dir mit meinem Ärmel
die Wunde
Und erzähl mir anschliessend noch einmal
von deiner Kunde»
Ihr Kleid war so weiss wie ein Blatt
Von dem riss sie den Ärmel ab
Und verband das Bein
Die Wunde durfte nicht offen sein
Der Hund hatte sich geirrt
Gretchens Tat hatte ihn verwirrt
Noch nie traf der Hund eine wie sie
Sie strahlte voll reiner Energie
«Du hast mir und dem Wald deine Reinheit
bewiesen
Gehst du weiter, bist du auf dich selbst ange-
wiesen
Was dort oben auf dich wartet, weiss ich
nicht
Doch lasse nicht zu, dass deine Reinheit
bricht
Und ich bitte dich, geh nicht weiter
Hier im Wald zu bleiben, wäre gescheiter»

Gretchen sagte: «Ich muss jetzt leider gehen
Mein Dorf wird bald das Ende sehen
Ich muss die Katastrophe aufhalten
Bevor sie sich wird entfalten»
«Dann geh durch die Barriere und klettere
den Berg hinauf
Und halte die Katastrohe auf»

Gretchen setzte den Fuss über den Wald-
rand und durchbrach die unsichtbare Mauer
Der Hund war erfüllt von Trauer
Das Mädchen erreichte den Berg
Das war das Erden Meisterwerk
Gretchen griff zum kalten Stein
Das Erklimmen war schwieriger, wie der
Anschein
Sie musste senkrecht hinauf klettern
Ihre Hoffnung durfte nicht zerschmettern
Mit jedem Meter wurde es kälter
Ihre Hand wurde immer heller
Kurze Zeit später nieselte es Schnee
Gretchen dachte an einen guten, warmen
Tee
Doch den gab es nicht
Wenigstens spendete die Sonne ein wenig
Licht

In kurzer Zeit sah Gretchen nur noch weiss
Der Tod war ein möglicher Preis
Der kalte Schnee bedeckte ihre Finger
Für Gretchen wurde es immer schlimmer

Allerdings gab Gretchen nicht auf
Und nahm den Schmerz in Kauf

Nach einer Ewigkeit war sie endlich oben
Gretchen durfte sich selbst loben
Ihre Mission war noch nicht zu Ende
Sie hatte bleiche, eiskalte Hände
Ein Schneesturm wütete und Blitze erhellten
den Himmel
In der Ferne hörte Gretchen ein leises Wim-
meln
Gretchen folgte ihrer inneren Stimme
Und vertraute auf ihre Sinne
Gretchen fand verdeckt unter dem Schnee
einen kleinen weissen Tiger
Er war des Berges zukünftiger Krieger
Der Tiger war müde, klein und schwach, der
Arme
Gretchen nahm das Tierchen in die Arme
Und drückte ihn ganz fest an ihren warmen
Körper
Der Schneesturm galt als ein leiser, eiskalter
Mörder
So beschützte Gretchen den Tiger
Senken sollte sein Fieber
Den Tiger schützend, verharrte sie in der
Kälte
Das war die Entscheidung, die Gretchen
wählte

Gretchen setzte ihre Reise fort, als der
Sturm nachliess
Der Berg war es, der nach ihr rief
Das Mädchen lief mit dem Tiger in den
Händen
Das Leben der Katze sollte noch nicht enden
Deshalb pflegte Gretchen ihn
Das Böse sollte vom Kätzchen fliehn

Gretchens Weg führte nun hinab
Langsam bergab
Da lag eine Wasserquelle
Ihr Ziel war diese Stelle
Sie entdeckte das Problem schon
Dort lag ein Haus und draussen tanzte eine
Person
Zu dieser Gestalt musste sie gehen
Und musste zwischen ihm und Quelle stehen
Denn er wollte das Wasser stauen
Und dem Dorf so die Trinkflüssigkeit klauen
Gretchen wollte sich mit ihm unterhalten
Und ihn auf diese Weise aufhalten
Also lief Gretchen zu der männlichen Person
Und erklärte ihm, sein Vorhaben führte zu
einer grossen Depression
Er sagte: «Von irgendwo kenne ich dein Ge-
sicht
Nein, deine Erklärung akzeptiere ich nicht
Dein Dorf kann mir gestohlen bleiben
Eine Person sagte mir einst, ich solle hier
hoch steigen
Ich sollte ein Wölfelein suchen

Sie sagten mir, ich soll es versuchen
Ich lebe hier schon seit vielen Jahren allein
Ich möchte so gerne Heim»

«Du staust den Fluss
Ist das wirklich ein Muss?»

«Ja und nein
Aber nur so komme ich Heim»

«Warum stellen dir die Einwohner eine sol-
che Aufgabe
Das ist es, was ich mich frage
Komm doch mit mir in meine Heimat zu-
rück
Dort erfährst du neues Glück»

«Nein, verzieh dich jetzt!»
Gretchen war von diesem Tonfall entsetzt

Wütend ergriff der Mann sie
Seine Stimme, sein Körper und Geist gefüllt
mit bösartiger Energie
Gretchen fiel und ihr Kopf schlug auf dem
Boden auf
Das Wesen machte sich nichts draus
Der Mann nahm einen Stein
Und schlug auf das hilflose Mädchen ein
Gretchen schrie vor Schmerz
Seine Tat verletzte ihr reines Herz
Ihrem Geschrei lauschte der Tiger

Das Tier kam und biss dem Täter in die Finger
Der junge Tiger stiess ihn in die Wasserquelle
Es gab eine grossen Platsch und eine Welle
Anschliessend sprang der Tiger hinterher
Das Böse verschwand und kam nie mehr
Übrig blieb die entsetzte männliche Person
Und verstand nun die Situation
Langsam schwamm der Mann ans Ufer und kroch an sie heran
Ergriff ihre Hand und Gretchen sagte dann:
«Komm und kehre mit dem Tiger und mir in mein Dorf zurück
Dort findest du neues Glück
Das Böse wird dich dann verlassen
Und ich werde auf dich aufpassen
Ich muss das jetzt tun
Denn die Dorfbewohner sind gegen das Böse nicht immun»

Gretchen stieg ins Wasser
Ihre Haut wurde blasser
Das Wasser war eiskalt
Der Schmerz hatte sie in der Gewalt
Gretchen gab ihre Reinheit auf
Und nahm die Sterblichkeit in Kauf
Denn ihre Krankheit verschwand
Als sie vom Wasser wieder aufstand

Die drei Lebewesen tippelten zum Dorf zu-
rück
Sie lebten ein Leben im Glück
Die Siedlung freute sich über ihre Rückkehr
Der Abschied von den Bewohnern fiel ihnen
schwer
Das Dorf blieb von der Katastrophe ver-
schont
Und in jeder Nacht leuchtete der Mond

Auch wenn Gretchen die Reinheit verlor
Trat immer noch das Gute aus ihrem Herzen
hervor
Sie half den Leuten weiter
Gretchen wurde bekannt als der rettende
Reiter
Seit Gretchens Rettung war er in ihrem Bann
Weshalb sie ihn auserkoren hat als ihren
Mann
Doch schon in jungen Jahren starb sie
Die Leute vergassen sie und ihre Taten nie

Krieger des Berges

Es vergingen viele, viele Tage
Vater und Mutter hatten nur eine Frage
Wie viele Kinder werden kommen
Schon früher wurden einige ihrer Säuglinge
von der Natur genommen
Die Eltern waren an einem abgeschiedenen
Ort
Und
Und von der Zivilisation weit fort

  Die Tiere liefen auf dem Berg der Wahrheit
Und wollten zum Berg der Weisheit
Auf dem Berg der Wahrheit war es eiskalt
Weshalb er als unbewohnbar galt
Ausser Schnee und Eis gab es hier nichts
Nicht einmal der herrlichen Sonne Tages-
licht
Schneestürme, Hagel und Nebel waren hier
oben weit verbreitet
Die Tiger hatten sich ihr Glück erarbeitet

  Die Tiger waren hier oben gut getarnt
Alle Lebewesen waren gewarnt
Die Tiere waren eigentlich harmlos
Aber sie waren gross
Die Ausdauer gehörte zu ihrer Grundlage
Die Tiger besassen eine wichtige Aufgabe

Sie wurden auserkoren als die Beschützer
des Berges
Der Erden wichtigsten Werkes

Es ist der Fels
Der das Gleichgewicht hält auf der Welt
Ohne ihn könnte die Welt nicht existieren
Was passieren könnte, liesse sich nur illust-
rieren

Ohne den Berg der Wahrheit würde die
Kälte verschwinden
Und jedes Dorf und Land an die Wärme bin-
den
Eine grosse Dürre wäre die Folge
Es bildet sich keine einzige Regenwolke
Das Wasser auf der ganzen Welt würde ver-
gehen
Jedes Lebewesen und jede Pflanze würde
eingehen
Bis nur noch Asche und Staub übrig bliebe
Eine Welt ohne Leben und Liebe
Die Welt wäre geprägt von Wilden
Trockene, tiefe Risse würden sich auf der
Erde bilden
Und alles verschlingen, bis nichts mehr von
der Welt übrig bleibt
Dies bis in alle Ewigkeit
Daher beschützten die Tiger den Berg mit
voller Stärke
Bevor die Menschheit die Wichtigkeit des
Felsens bemerkte

Die Tiger zahlten für ihre Aufgabe einen
hohen Preis
Es war der alljährliche Kreis
Die Überlebenschancen für Neugeborene
waren nur sehr klein
Schuld daran war der Berg allein
Die Unbeholfenheit der Kleinen
Sie liefen noch nicht einmal auf allen vier
Beinen
Es waren nur sehr wenige, die überlebten
Und die Eltern nur für deren Überleben
strebten
Doch auch in der Kindheit war es für die
kleinen hart
Nichts blieb ihnen erspart
Die restlichen Kinder starben in dieser Phase
Vergangen war die elterliche Ekstase
Ihre Hoffnung verschwand nie
Sowie alle anderen Eltern waren auch sie

Eines Tages war es dann so weit
Die frisch gewordenen Eltern waren nicht
mehr zu zweit
Es wurden fünf kleine weisse Tigerchen geboren
Von denen gleich zwei Tigerbabys das Leben verloren

Einige Tage danach war die Familie in den
hohen Bergen unterwegs
Sie liefen, doch durch den Schneesturm kamen sie plötzlich ab des Wegs

Wohin sie gingen, konnten sie nur erahnen
Weswegen sie ihre Kinder zur Vorsicht
mahnten
Der Boden vibrierte
Wodurch die Situation eskalierte
Aus heiterem Himmel kam eine Lawine
Die Köpfe der Kleinen waren so gross wie
eine Mandarine
Die Schneemasse riss alles mit, was sie zu
fassen bekam
Die Lawine war zerstörerisch, doch langsam
Jegliche Bäume dort oben wurden mitgerissen
Was sie alles verschlang blieb im Ungewissen
Sogleich packten Vater und Mutter ihre Kinder
Und rannten noch geschwinder
Aber eines der Kinder schaukelte schwer
Und entglitt der Mutti ohne Umkehr
Es fiel ihr aus dem Mund
Das Kind wurde vom Schnee mitgerissen
und stürzte mit der Lawine Richtung Abgrund
Dieses Tigerchen ging in dieser Umweltkatastrophe verloren
Es hatte noch ganz kleine putzige Ohren
Der Rest der Familie entkam
Für die Mama war das Erlebnis grausam

Die Eltern waren krank vor Sorge und
konnten nicht ruhn
Dabei war es ein Unfall und sie konnten
nichts tun
Sie kletterten runter und suchten, doch sie
fanden es nicht
Je länger die Suche andauerte, umso mehr
schwand die Zuversicht
Es blieben noch zwei Nachkommen
Und diese mussten durchkommen

Das kleine Kätzchen wurde von der La-
wine verschlungen
Jedoch nicht von der Natur bezwungen
Das wehrlose Kätzchen fiel mit dem Schnee
in die Tiefe direkt zur nächsten Felswand
Die Masse schob das Kätzchen gegen den
Rand
Es fiel eine weitere Ebene in den Abgrund
Dabei war das Kätzchen nicht einmal ge-
sund
Schliesslich hatte es Fieber
Und schloss vor Kälte die Augenlider
Es jaulte und wimmelte vergraben im
Schnee
Die Raubkatze war wie ein kleines Reh
Der unbeholfene Tiger wurde plötzlich aus
dem Schnee gegraben
Denn der Tiger hatte noch viele Gaben
Als nächstes erspürte die Katze Wärme
Das Wesen schloss die Augen und sah fun-
kelnde Sterne

Mit geschlossenen Augen hörte das Kätz-
chen die Schritte
Es waren feine und sanfte Tritte
Das Tigerchen lauschte dem zischenden
Wind
Durch den Schneesturm wurde man blind
Irgendwo in der Nähe war ein Hase
Das roch der Tiger durch die Nase
Allerdings fühlte sich das Tierchen nicht gut
Es fror und die Stirn fühlte sich so heiss an
wie Glut
Natürlich fragte es sich, was gab ihm so
warm
Der weisse Tiger öffnete die Augen und es
lag in einem fremden Arm
Sofort verschloss es die Äuglein wieder
Es war das elende Fieber

Nach stundenlangem Schlaf roch es wieder
Den Geruch kannte es nicht und öffnete die
Augenlider
Das Tigerchen erblickte Gretchen, für das
Kätzchen eine unbekannte Person
Ins Maul drückte die Frau dem Tiger eine
Portion
Vom grünen Zeug wurde es nicht satt
Von dieser unbekannten Gestalt kam der
Geruch, den das Kätzchen gerochen hat
Gretchen besass einen sehr guten Duft
Sie roch so, wie Rosen in der Luft
Und das Tier sah etwas in ihr
Das Fieber erfror langsam im Tier

Leider war die erhöhte Körpertemperatur
nicht verschwunden
Das dauerte noch viele, viele Stunden
Jetzt spürte das Tigerchen wieder ihre
Wärme
Nun entdeckte das Tierchen erneut die
Sterne

Das Kätzchen schlummerte seelenruhig
und brav
Wegen eines Schreis erwachte die junge
Katze aus ihrem Schlaf
Das Kleintier sah zwei Wesen
Es konnte die Sprache der Menschen lesen
Der Schrei der hilflosen Person war klar
Die Frau war in Gefahr
Das Tigerchen bemerkte den Duft
Und ihm fiel auf, diese Frau roch nach süs-
sen Rosen in der Luft
Von ihr kam die ständige Wärme
Ihre Zuneigung spürte der Tiger gerne
Daher rappelte sich das Kätzchen auf
Und sprang auf den Angreifer drauf
Das Kätzchen führte die Krallen in die Haut
rein
Der Angreifer musste vor Schmerz schrein
Sofort warf der Mensch die Katze weg
Als wäre der Tiger nur Dreck
Und wendete sich wütend zur Katze
Der Tiger blickte auf seine böse Fratze
Das Raubtier nahm noch einmal Anlauf
Und sprang erneut auf in drauf

Mit voller Geschwindigkeit traf er ihn und er
sagte ade
Er landete mit dem Körper im See
Mit einem Satz sprang die Katze dem Täter
hinterher
Der Tiger flog so schön wie ein Speer
Das Tier biss und krallte ihn weiter und er
schrie
So laut wie noch nie

  Der Tiger sah, seine Augen veränderten
sich
Jetzt wirkte die männliche Person unglück-
lich
Weshalb der Tiger aufhörte
Bevor er ihn noch komplett zerstörte
Langsam schwamm der Angreifer an Land
Das Tigerchen entdeckte, was die beiden
Personen verband
Das Kätzchen trat auf die Erde zurück
Es hörte die Stimme sagen: «Dort findest du
neues Glück»
Das Mädchen schaute dann das nasse Kätz-
chen an
Sie war jetzt dran
Ins Wasser ging die Retterin
Doch war dies erst der Beginn
Das Kätzchen sah ihren Schmerz
Traurigkeit erfüllte das kleine Herz
Es sah sie mit dem Leben und Tod kämpfen
Und Nichts konnte das Leid dämpfen

Nach einer Weile kam sie entkräftet aus dem
Wasser raus
Der Horror war aus
Vor Freude streichelte die Katze ihre Haut
und gab von sich Laute
Und beide Personen konnten hören, wie es
miaute

Der Tiger wollte mit ihnen mit
Auf diese Weise wurde der Tiger wieder fit
Ihr Weg ging immer runter
Das Kätzchen lief ganz munter
Und es hatte Spass
Was man in seinen Äuglein las

Im Dorf flossen bei ihrer Ankunft die Trä-
nen
Sie sagten: «Ein Tiger lässt sich nicht zäh-
men
Gib ihn der Natur zurück
Uns führt er nur ins Unglück»
Doch die Frau bestand drauf:
«Ich passe auf ihn auf
Macht er irgendeine Dummheit
Stehe ich für die Konsequenzen bereit
Macht euch keine Sorgen und freut euch,
dass ich zurück bin
Ich bin eure Freundin»

Der Tiger zog in ein Haus
Er tat niemandem was an, auch nicht einer
Maus

In dem Gebäude wurde er grösser
Die Dorfbewohner fanden Gretchens Idee
immer blöder
Jedoch hatte die Frau den Tiger unter Kon-
trolle
Das spielte eine Rolle
Allerdings stieg der Unmut
Das war für niemanden gut
Der Frau war dies egal
Schliesslich traf sie die Wahl
Sie liebte ihn so sehr
Der tägliche Abschied fiel ihr schwer
Sie hatte zwei Bestreben
Zum einen war es sein bedrohliches Leben
Welches die Dorfbewohner am liebsten nah-
men
Sie erdachten sich diverse Argumente und
tragische Dramen
«Was ist, wenn der Tiger die Kontrolle ver-
liert?»
«Was ist, wenn das Wesen meine Hühner
dezimiert?»
«Der nächste Winter wird grausam werden,
wegen ihm»
«Er treibt uns in den Ruin!»
Es ging Gretchen um die Ungewissheit
Seiner Sicherheit
Der andere Grund war, weil der Tiger bei ihr
sein wollte
Und die Katze dies auch sollte
Gretchen spielte jeden Tag mit ihm

Die Beiden harmonierten und waren ein
kaum bezwingbares Team
Daher nahm sie das Tierchen überall mit
Am See zu spielen, war von beiden der Fa-
vorit
Konnte der Mann auch mit
Spielten sie zu dritt
Der Tiger liebte ihre lebhafte Natur
Die Blumen, das Grüne, die Bäume, ihre
Kultur

  Leider bemerkte er schnell, dass es Gret-
chen mit der Zeit immer schlechter ging
Was mit einem unauffälligen Husten anfing
Dann lag sie im Bett
Und verhielt sich trotz ihrer Krankheit noch
so nett
Sie half den Personen weiter
Ausruhen wäre gescheiter
Sie kämpfte gegen die Seuche an
Das sahen Tiger und Mann
Sie war ein starkes, junges Mädchen
Sie sagte dem Tiger:
«Wenn ich sterbe, musst du verschwinden
Uns wird ein ewiges Band miteinander ver-
binden
Ich kann mir nicht mehr deine Stärke borgen
Also mach dir um mich keine Sorgen
Mir wird es gut gehen
Du wirst das schon sehen
Ich werde immer über dich wachen
Du wirst deine Sache gut machen

Kehre in die Berge zurück
Finde dort oben dein Glück»

Wenige Tage danach verstarb sie
Alle Leute gingen vor ihr in die Knie
Der Tiger verschwand
Um ihn, dem Mann und die Frau lag ein
grosses Band

Was aus ihm wurde, wusste niemand genau
Doch seine Zukunft war nicht grau
Es brannte die Zuversicht
Das allerhellste und schönste Licht
Er stieg zurück auf die Berge
Nach Hause zu seinem Werke
Niemand kannte seine Vergangenheit und
Zukunft genau
Ausser vielleicht die verstorbene Frau

Der Tiger lief zurück zu den Bergen
Der Berg musste beschützt werden von den
Schergen
Der junge Tiger fand auf dem Weg dorthin
einen weiblichen Tiger
Wie in ihm durchfloss in ihr das gleiche
Schicksal: Krieger
Auf der Stelle verstanden sie sich
Und lebten miteinander glücklich
Die beiden Tiger wollten zusammen sein
Und gingen von diesem Moment an gemein-
sam über Stock und Stein
In den Bergen fühlten sich die beiden wohl

Der Berg war für sie mehr als nur ein Sym-
bol
Es stand für ihre Heimat
Genau dort sollte sie stattfinden, ihre Heirat
Sie zogen vereint weiter
Die Stimmung war heiter
Der Schnee und die Kälte war ihr Zuhaus
Dort wollten sie nicht mehr raus

  Nach vielen Jahren geschah es dann
Die Frage lautete nur wann
In den Bergen entdeckten die beiden drei Ti-
ger
Im Schnee liefen zwei alte und ein kleiner
Krieger
Sie erkannten sich sofort
Dafür brauchte es kein Wort
Es waren keine Toten
Daher liefen sie sich in die Pfoten
Nach so langer, langer Zeit
War es so weit
Der verlorene Sohn fand seine Familie wie-
der
Das war ihr zukünftiger, überlebender Krie-
ger
Auf ihn schien nach so vielen Jahren helles
Licht
Er erfüllte mit voller Stärke seine Pflicht
Sie waren jetzt für ihren Nachwuchs bereit
Das dauerte bei ihnen eine gewisse Zeit
Das Überleben für die Kleinen blieb hart
Kein einziger Tag verlief jemals zart

Das sind die Bewohner und Krieger des
Berges
Die Beschützer der Erden wichtigsten Wer-
kes

Das Spiel

Verschwunden im Wald
Das Wesen kommt schon bald
Man kann ihm nicht davonrennen
Das Es soll niemals jemand kennen
Es irrt schon seit langem im Wald herum
Doch auch Es war einmal klein und jung
Man wollte das Ungeheuer nicht haben
Es hatte viele verschiedene Gaben
Es verhielt sich aber nicht normal
Jede Tat war für die Bewohner eine Qual
Den Bewohnern war klar, warum sein Vater
ihn zurückliess
Es redete die ganze Zeit von einem Paradies,
welches einst die Erde verliess
Es sprach immer Schnickschnack
Es entsprach nicht ihrem Geschmack
Die Bewohner fürchteten ihn, da er auf dem
Boden tanzte
Und an jeder Ecke Blumen anpflanzte
Es blieb alleine Tag und Nacht
Auch wenn es freundlich war und lachte,
hatte ihm niemand Manieren beigebracht

Es war für die Bewohner unheimlich
Alle Meinungen waren einheitlich
So bildeten sie einen Clan
Und erarbeiteten einen Plan

Sie lockten es mit einem Spiel in den Wald
hinein
Dort liess man das Wesen ganz allein
Auf diese Weise waren die Bewohner das
Wesen los
Dieses Ereignis war für alle ganz famos

Das kleine Ding dachte, sie wollten spielen
Und nicht auf sein Verschwinden abzielen
Es lief immer weiter in den Wald
Das Kind verirrte sich schon bald
Es sollte ein Wölfelein suchen
Und es einmal besuchen
Dann hatte es das Spiel gewonnen
Und konnte sich als Sieger in der Sonne son-
nen

Schon bald verschwand das Licht
Und das Es fand den Rückweg nicht
Da stand es im Dunkeln
Es verlor im Auge das Funkeln
Es war alleine in der Welt
Die ihm anfangs nicht gefiel, es vermisste
sein schützendes Zelt
In der Dunkelheit fürchtete es sich
Sodass die Freude aus einem Herzelein ent-
wich
Schlafen konnte es nicht
Es fehlte ihm das kleine bisschen Licht
Deswegen blieb es die ganze Nacht auf
Und nahm die Schlaflosigkeit in Kauf

Am nächsten Morgen zog es früh weiter
Es fühlte sich jetzt ein wenig befreiter
Doch die Sorgen waren nicht weg
Wie kam es heim, welch ein Schreck
Die Sorgen verschwanden sogleich
Es war ein herrliches Reich
Ein Paradieselein
Dachte sich das Kindelein
Nur die Dunkelheit müsste fort
Dann wäre es ein guter Ort
Auch am zweiten Tag erreichte es keinen
Sucherfolg
Es fragte sich, war das alles gewollt?

Deswegen lief es nur in eine Richtung
Und es kam zu einer Lichtung
Da wurde es Nacht
Es sah, wie der Mond leuchtete und er ver-
fiel seiner Pracht
Da konnte es schlafen
Und träumte, wie sie sich trafen
Es war bei der Lichtung, wo es jetzt war
Das Es nahm an, der Traum wäre wahr
Deshalb blieb es für mehrere Tage bei der
Lichtung
Dort hatte es seine Belichtung
Und lebte von der Natur
Von der Gesellschaft fehlte jede Spur
Auch das Wölfelein kam nicht
Enttäuscht war es sicherlich

Dem Es wurde klar, es war allein
Nie würde jemand bei ihm sein
Ihm wurde bewusst, es war auch in der Vergangenheit so
Jetzt war das Es nicht mehr froh
Es verlor die Fröhlichkeit
Und mit ihr auch die Heiterkeit
Es hatte gewartet und gewartet
Es hatte so lange auf das Wölfelein gewartet
So beschloss es, nicht mehr zu warten
Was hatte es durch das Warten schon zu erwarten?
Es stand auf und ging
Sodass es nicht mehr an der Angel hing

Es durchlief die Welt und erlebte Abenteuer
Auf diese Weise bekämpfte es die Einsamkeit, das grosse Ungeheuer
Es schritt über Stock und Stein
Und suchte nach dem Tier, war die Chance noch so klein
Jeder Schritt führte es weiter
Das Wesen fühlte sich heiter
Für das Monster war es im Paradies
Es gab Bäume, Tiere, Blumen, Wiesen und Pfützen, sie leuchteten türkis
So lebte das Wesen in Harmonie mit der Natur
Und bestand den Überlebenskampf mit Bravour

Das Jahr verging
Es entdeckte das Wölfelein bei der besagten
Lichtung
Bei der der Junge lange Zeit wartete und im
Traum sah
Es war dem Wölfelein immer nah
Das Wölfelein sagte betrübt: «Ich habe auf
dich gewartet
Ich hatte dich vor einem Jahr hier erwartet
Wo bist du gewesen
Du bist und warst gleich wie alle anderen
Wesen»
«Ich habe auf dich gewartet und gewartet
Ich hatte auch dich schon längst erwartet»
«Du hast mich übersehen, ich war hier
Ich stand immer ganz nah bei dir
Du warst nie allein
Das warst, bist und wirst du niemals sein
Ich bin dein Wölfelein
Mein kleines Kindelein»

  Es freute sich so
Und war sehr froh:
«Jetzt kann ich endlich heim»
Der Wolf jaulte angsterfüllt: «Nein!
Du hast das Spiel zwar gewonnen
Doch gehst du jetzt zurück, wird dir alles ge-
nommen!»
«Was soll denn bloss passieren?
Warum werde ich alles verlieren?»
«Gehst du zurück, dann wirst du sehen
Und schlussendlich vor dem Tode stehen

Dort, wohin du gehen willst, wird dein Wort
ignoriert
Hier wirst du akzeptiert
Tritt meinem Rudel bei
So hast du Freunde und bist frei»
Das Wesen suchte nach der richtigen Ant-
wort
Der Wolf war um seinen neuen Freund be-
sorgt
Vom Wölfelein wurde es umsorgt
Da wusste es die Antwort
«Also gut, so soll es sein
Ich gehe mit dir in mein neues Heim»
Es gewann seine Güte wieder
Und sang mit den Halbwölfen hübsche
Wolfslieder
Das Wesen spielte mit ihnen
Es begann diese Tiere zu lieben
Der Junge vergass sein Vorhaben
Es war zufrieden mit seinem Leben, welches
ihm die Wölfe gaben
Er spielte mit seinen Wolfskindern häufig
Verstecken
Und sich dafür als Tarnung mit Laub über-
deckten
So lebte er mit neuer Freude
Der einsame Wolf war und ist sein Zeuge

  Nach vielen Jahren machten sich die Be-
wohner Gedanken über das Wesen
Es gab über das Wesen verschiedene Thesen
Vielleicht würde es die List überleben

Da waren alle Leute strickt dagegen
Doch sie glaubten es komme zurück
Und das an einem Stück
Ihm würde man niemals entkommen
Also werde ihm bei der Rückkehr seine
Existenz genommen

  Es war verschwunden im Wald
Es kommt schon bald
Man kann ihm nicht davonrennen
Und niemand sollte je des Jungen Namen
kennen
Sie bereiteten sich auf seine mögliche Rück-
kehr vor
Und jeder Bewohner wegen ihm den Ver-
stand verlor

Der einsame Wolf

Einst durchstreifte ein Wolf die Erde
Er war am See, bei Besiedelungen, in den
Wäldern und auf dem höchsten Berge
Angst hatte er vor niemandem
Doch sein Leben war nicht bequem
Seit seiner Geburt war er alleine unterwegs
Freude bereitete ihm das keineswegs
Er suchte nach anderen
Und musste in der Kälte der Einsamkeit aus-
harren
Überall, wo er auch war
War im schon von Beginn an klar:
Hier würde er keine Gleichgesinnten finden
Bei keinem Ort konnte er sich verbinden
Allerdings suchte er weiter
Sein Wunsch nach einer Familie war sein
Begleiter
Er sah die Hoffnung im Tageslicht
Lange Zeit half ihm das nicht

Das verstand er langsam
Denn diese Welt war lange grausam
Der Wolf sah Menschen, wie sie Tiere
schlugen
Und die Wildheit in sich trugen
Jede einzelne Getreidesorte
Die Leute schauten zu, wie ihr Hauptnah-
rungsmittel verdorrte

Er sah Tod und Leid
Keiner der Menschen trug noch ein schönes
Kleid
Bei einem abgeschiedenen Ort fand er sie
Und er empfand für die aufgespürte Hündin
sofort Empathie
Sie zeigte dem Wolf etwas, das war für ihn
neu
Die Hündin war gegenüber ihrem Besitzer
treu
Er wohnte in der Nähe vom Wald
Der Mann hatte eine freundliche Gestalt
Ihm bedeutete sie alles
Doch dann geschah etwas Fatales

  An jenem Tag regnete es heftig auf der
Welt
Sie wurde von Blitzen erhellt
In dieser Nacht war dem Mann kalt
Und seine Beine waren schon alt
Allerdings hatte er keine andere Wahl
Die Kälte im Haus war zu brutal
Daher entschloss er sich, noch einmal kurz
Holz zu holen
Um sich danach vom anstrengenden Tag zu
erholen
Allerdings kam der Mann nicht wieder
Traurig schloss die Hündin ihre Augenlider
Ihr Leid war von allen anderen am grössten
Der einsame Wolf versuchte sie zu trösten
Ihre Seele war so zerbrechlich wie Glas
Und das Trösten bewirkte was

Sie wollte es zumindest versuchen
Und nach dem verschollenen Herrchen su-
chen
Beide waren der Überzeugung, dass er am
Leben war
Durch diese Mission wurden sie ein unzer-
trennliches Paar
Die Gefühle füreinander wurden immer
mehr
Das Herz der Hündin war nicht mehr leer
So zeugten sie viele kleine Welpen
Die Welpen konnten bei der Suche nicht hel-
fen
Sie brauchten immer sehr schnell eine Pause
Eine Höhle wurde ihr neues Zuhause

  Getrennt wurde das glückliche Gespann
Der Wolf suchte alleine weiter nach dem
Mann
Der Wolf zog suchend umher
Doch den Mann fand er nicht mehr
Stattdessen einige Knochen
Sie waren schon vor einer Ewigkeit zerbro-
chen
Betrübte Gefühle erfüllten sein Herz
Ihr Schmerz war auch sein Schmerz
Denn er erkannte den Geruch
Der Ort und der Weg war ein Widerspruch
Allerdings hatte ihn der Wolf geortet
Der Mann wurde eiskalt ermordet

Mit dieser traurigen Nachricht kam er zur
Höhle zurück
Und erzählte vom Unglück
Die Hündin weinte bittere Tränen
Jedoch musste der Wolf dies erwähnen
Schliesslich wollte er sie nicht betrügen
Und sie hinterlistig belügen
Die neue Mutter dankte ihm
Dennoch vermisste sie den Kamin
Bei dem sie neben ihm lag und er ihr einige
Sachen erklärte
Da er ihr immer Schutz gewährte
Nur bei ihm fand sie Sicherheit
Diese Freude zeigte sie ihm bei jeder Gele-
genheit
Leider war er jetzt für immer verschwunden
Und offen waren jetzt ihre Wunden

Dies peinigte den Wolf so sehr
Absolut alles fühlte sich so an wie das un-
endliche Meer
Gegen den Schmerz konnte er nichts tun
Keine einzige Nacht konnte er ruhn
Er versank in ihren Gedanken
In denen Körper und Geist jeden Tag ver-
sanken

Der Wolf legte sich unter einen Baum
Er hatte einst einen Traum
Das Wildtier träumte von einem Jungen
Er sass bei einem Brunnen

Der junge Mensch, der für sich selbst spielte
und in den Gedanken schwelgte
Der Wolf sah, wie er über die Zeit langsam
verwelkte
Er sah verschiedene Personen
Die ihn bedrohten
In ihnen wohnte das Böse, die pure Verach-
tung
Der Junge hatte von ihren Gedanken keine
Ahnung
Sie alle hielten eine Waffe in der Hand
Und drängten ihn vom Brunnen bis zum
Dorfrand
Er konnte vor seinem Schicksal nicht fliehn
So töteten die Bewohner ihn
Als nächstes sah der Wolf eine Lichtung
Der Junge kam von der östlichen Richtung
Die Sonne schien
Der Wolf konnte ihn ziehn
Als nächstes erwachte er
Die Entscheidung fiel ihm nicht schwer

   Er sagte der Hündin, dass er jemanden su-
chen würde
Eine verlorene, helle, zerbrechliche Scherbe
mit einer grossen Bürde
Und dass er lange weg sein wird
Und versprach ihr, dass er nicht krepiert
Er wollte zu ihr zurückkommen
Mit seiner Rückkehr würde ihre Traurigkeit
genommen

Der braune Wolf ging zur Lichtung
Und der Junge kam nach einigen Tagen von
der geträumten Richtung
Der Wolf schaute in sein Gesicht
Doch das Kind erkannte ihn nicht
So machte der Wolf laute Laute
Und stupste ihn vorsichtig mit seiner
Schnauze
Der Wolf roch seinen unschuldigen, verbit-
terten Duft
Doch der Wolf blieb für den Jungen nur
reine Luft
Nach einer gewissen Zeit spazierte der
Junge in den Wald
Für ihn erschien der Wolf nur als eine Licht-
gestalt
Schliesslich tat der Wolf alles
Seine Aufmerksamkeit war etwas Zentrales
Er bellte, jaulte, kratzte, rannte und wartete
an Ort und Stelle auf den Jungen
Doch nichts war gelungen

So wartete der Wolf bei der Lichtung
Der Wolf bemerkte, der Junge hatte die fal-
sche Ausrichtung
Er war ebenfalls böse
Die Aura hatte eine gewisse Grösse
Wie der glänzende, leuchtende, gelbe Son-
nenschein
War der Wolf rein
Schliesslich wartete der Wolf an jenem Ort
Er ging nicht fort

Egal ob Regen, Hagel, Sturm, Schnee, Kälte
oder Wärme
Ob unter der prallen Sonne oder dem schö-
nen Sterne
Der Wolf wartete an jenem Stein
Das Warten war das Sein
Er wusste, alles nahm seinen bestimmten
Lauf
Und niemals gab er die Hoffnung auf
Er wusste genau, was auf den Jungen zu-
kommen würde
Und auch, was er hinter seinen blauen Au-
gen verbarg, die reinste Bürde
So wartete der Wolf auf ihn
Solange, bis ein Jahr verging

  Sehend kam der Junge zurück
Der Wolf hatte Glück
Das Tier hatte ihn in sein Rudel schon längst
aufgenommen
Er könne zu ihnen kommen
Wegen seines Lebens, welches er hatte und
vor sich sah
Sagte er: «Ja!»
Der Wolf nahm den Jungen auf den Rücken
Gemeinsam durchquerten sie den Wald und
liefen über kleine Brücken

  Nach langer Zeit schien die Sonne wieder
einmal
Das war in jener Zeit nicht normal
Dunkle Tage waren üblicher

Sie wirkten betrüblicher
Der Junge lachte
Seine kindliche Freude erwachte

  Nach vielen Tagen waren die beiden bei
der Höhle angekommen
Die Sicht des Wolfes war ganz verschwom-
men
Er sah viele seiner Kinder wieder
Gemeinsam sangen sie viele Wolfslieder
Hier konnte der Junge er selbst sein
Und lebte sich bei der Familie gut ein
Ein Hund gefiel dem Jungen sehr
Er war weisser als das Wolkenmeer
Der Hund, der immer neben ihm lag
Spielte mit dem Jungen jeden Tag

  Für den Jungen war das Leben jetzt endlich
gerechter
Dem hilfsbereiten Wolf ging es hingegen
immer schlechter
Er hatte eine verschwommene Sicht und zit-
ternde Beine
Wackelig fühlten sie sich an, wie Steine
Das Atmen fiel ihm schwer
Dies mit jedem Tag mehr
Schlafen konnte der Wolf nicht
Denn er sah ständig nur eine unheimliche
Gestalt und sein Gesicht
Das Wesen war sehr benommen
Und es würde zu ihnen kommen

Deswegen zog das Rudel weiter
Der Junge war ein kleiner Reiter
Allerdings noch lange kein Krieger
Sondern mehr ein Überflieger
Der Junge hatte keine Ahnung von einem
Kampf
Seine Stärke würde verpuffen wie Dampf
Der Wolf wurde sehr schlank
Denn er war krank
Krank vor dem Wesen
Er war es gewesen
Und der Wolf wusste, er würde kommen
Wenn sie zusammenblieben, würde ihnen alles genommen
Der Wolf wusste, das Wesen hatte ihn im
Visier
Das einst einsame, wilde Tier
Dies versuchte der Wolf seiner Liebe zu erklären
Und sie liess ihn gewähren
Durch den Wolf hatte sie neue Freude gefunden
Dies ganz alleine durch den Jungen
Trotzdem fiel der Abschied für beide schwer
Der Wolf fühlte sich leer
Er wollte es zwar nicht tun
Doch das Leid der Familie liess ihn nicht
ruhn
Und trotzdem wusste er, es war gut
Die Hündin und der Junge fanden neuen
Mut
Aus diesem Grund musste der Wolf gehen

Und durfte nicht mehr zurücksehen
Ihr Wohlergehen war in seinen Gedanken
Fest verbunden in seinem Geist mit langen
Ranken

  Der einsame Wolf lief los, um das Wesen
zu suchen
Der Wald, durch den er ging, hatte sehr viel
Buchen
Lange taumelte er unter Tannen und hohen
Fichten
Doch das Wesen wollte sich nicht lichten
Er lief immer tiefer in den Wald hinein
Und da gab es nur noch Bäume, aber keinen
Stein
Plötzlich sichtete er ein fremdes Wesen
Allerdings war es nicht die Gefahr gewesen
Ihm kam ein grosser weisser Tiger entgegen
Es begann zu regnen
Der Wolf blinzelte und der Tiger ver-
schwand
Vor dem Wolf war niemand
Als nächstes sah der Wolf zwei Personen,
doch auch diese waren nur reine Illusionen

  Dann fiel der Wolf auf den Boden und
konnte nur noch schwer atmen
Vor langer Zeit war er vom Wald gestartet
und musste lange warten
Was der Wolf wollte, war nicht viel
Er hatte die ganze Zeit nur ein Ziel
Der Hund wollte nur Gesellschaft haben

Den Tod würde er nicht beklagen
Denn er wusste ganz genau
Zum Schutz der Welt und seiner Ehefrau
Es war nicht ausschliesslich das Herzleiden
Er wollte seine Reinheit und Taten übertreiben
Was ihn krank machte
Und jetzt dennoch im Angesicht des Todes
lachte

Aus dem Nichts vernahm der Wolf einen
leisen Ton
Und da erschien das Wesen schon
Das Wesen hatte rasierscharfe Zähne und
leere blaue Augen
Keiner würde dem Wolf jemals glauben
Der Wolf wusste, was würde geschehen
Und er konnte mit letzter Kraft aufstehen

Der Wolf rannte auf ihn zu und biss ihm
ins Bein
Loslassen, nein
Er biss so fest zu, wie noch nie
Und dann verliess ihn die Energie
Seine Zähne drückten weiter
Sein Versprechen war sein Begleiter
Der Wolf hatte den Kampf noch nicht verloren
Aber seiner Frau hatte er geschworen
Dass das Wesen ihn nicht umbringt
Und das wollte er halten, unbedingt

Auf einmal fühlte der Wolf den Schmerz
Es war sein krankes Herz
Er konnte nicht mehr atmen
Der Tod würde ihn erwarten
Der Wolf löste seinen Biss
Das Bein des Angreifers verriss
Es war die erste Wunde, die das Wesen je
bekam
Die Wunde war grausam
Doch der Wolf fiel zu Boden
Ein Teil seiner leidenden Seele ist in den
Himmel geflogen
Er sah einen einzigartigen schönen Baum
Verschlossen in einem dunklen, verlassenen
Raum
Der Baum verlor langsam seine prächtigen
Farben
Und zeigte all seine Narben
Der Wolf verstand endlich die jahrhunderte-
lange Suche und konnte es kaum glauben
Und da verschloss der einsame Wolf für im-
mer die Augen
Der letzte Gedanke galt seiner Familie und
seiner Frau
Er sagte: «Entschuldigung, das tue ich alles
nur für den Pfau»

Tot geboren

Ein kleiner Hund wurde geboren
Sein Fell, so wirkte es eiskalt und verfroren
Weisser als der wunderbare Schnee
Und noch viel schöner als die schönste Fee
Der Hund war anders als die andern
Getrennt waren seine Eltern
Der junge Welpe konnte noch kaum gehen
Weder riechen, essen noch sehen
Umso besser konnte der Hund die Mama
spüren
Er konnte ihren Atem hören und fühlen
Die anderen Kinder akzeptierten ihn so, wie
er war
Niemals begab sich der Jungsprung freiwil-
lig in Gefahr
Lieber verbrachte er die Zeit bei seiner Mut-
ter
Die brachte ihren Kindern jeden Tag Futter
Ihre Liebe war es, die ihm Kraft gab
Und nicht schon begraben wurde im Grab
Sie war für ihr kleines hilfloses Junges da
Bis er endlich sah
Dies dauerte seine Zeit
Doch noch war es nicht so weit
Fast jeden Tag
Verbrachte es die Zeit, indem es bei der
Mutter lag
Es gab auch Ausnahmen

Und da verliess es seinen sicheren Rahmen
An einigen Tagen taumelte das kleine mit
den anderen Kindern mit
Sehr oft war das für das Kleine ein wilder
Ritt
Denn die Kinder gingen auf Abenteuer
Das war dem blinden Hund nicht geheuer
Schliesslich erlernte es vor kurzem das Ge-
hen
Trotzdem hatte der Versehrte Mühe mit ste-
hen
Das Erlebnis war für den Hund eine Qual
Doch es war so, wie es die Natur befahl
Der Junge fühlte sich benachteiligt
Denn der weisse Hund hatte es eilig
Es wollte so unbedingt rennen
Und so die unaufhaltsame Freiheit im Wind
erkennen

  Nach zwei Monaten konnte der Junge ohne
Probleme essen
Einen Teil der Sorgen konnte die Mutter
dort vergessen
Milch trank der Jungsprung
Lange Zeit hatte es keinen Entwicklungs-
sprung
Für einen Moment trank der Hund Wasser
und dann wieder nicht
Schon oft dachte die Mutter, dass ihr Klei-
nes zerbricht

Weshalb sie das Tierchen auch am liebsten
bei sich hielt
Dabei war es so verspielt
Es hatte grosses Verletzungspotential
Weswegen sie ihm das Zuhause bleiben sehr
oft befahl
Sie hatte Angst um ihren Jungen
Die Mutter hat ihm oft etwas vorgesungen
Weil er anders als ihre restlichen Kinder war
Dies war leider wahr
Die Hündin hatte all ihre kleinen Kinder lieb
Diese Wärme gehörte zu ihrem elterlichen
Trieb
Durch den Jungen fühlte sie sich nicht ganz
so leer
Denn sie wartete sehnsüchtig auf seine
Rückkehr
Ihr Mann hatte vor einiger Zeit eine Vision
Und war nun unterwegs auf einer Mission
Was es genau war, wusste sie nicht
Dennoch wusste sie, er brach ihr immer
Licht
Sie wusste, er würde sich für seine Familie
einsetzen
Und jeden einzelnen Feind ohne Probleme
zerfetzen

Endlich war es war so weit
Der Hund war bereit
Fressen und trinken konnte der Hund jetzt
ohne Probleme
Langsam entwickelten sich seine Systeme
Die DNA und deren Entwicklung setzten
sich in Bewegung
Es roch die Mutter, die Geschwister und die
Umgebung
Der junge Welpe freute sich so sehr
Er wollte immer mehr
So hatte der Hund immer mehr Ansprüche
Und wollte sie alle erkennen, die Gerüche
So erkannte er nasse Erde, Heu, Vetiver,
Nelken und Kiefernholz
Auf diese Erfahrung war er ganz besonders
stolz
Diese Entdeckungen trieben den Welpen an
Und es geschah dann

Der kleine, weisse Hund öffnete nach fünf
Monaten die Augen
Die Hündin konnte selbst ihrem Blick nicht
trauen
Allerdings war es so
Die Mama war unglaublich froh
Sie dachte ihr Kind bliebe blind
Als Erwachsener und als Kind
Es war nicht so, dass sie ihr beeinträchtigtes
Kind sonst nicht liebte

Doch für den Überlebenskampf in der Natur
besser war mit den Fähigkeiten, die er
kriegte
Seinen aller ersten Blick wollte er niemals
vergessen
Denn der Wald erweckte seine Interessen
Er sah die einzigartige Fürsorgerin
Das war die Hündin
Sie sah in seine grossen Pupillen
Die ihr sofort gefielen
Der unerfahrene Hund wollte wissen, wie alles aussah
Und das immer zeitnah
Es war die gesamte Welt, die ihn faszinierte
Und dadurch auch einen neuen Lebensabschnitt markierte
Er bestaunte den Himmel, verschiedene
Bäume und Sträucher im Wald
Durch das Stolpern und Aufstehen erlernte
der Hund das Gehen bald
So stand der Welpe mitten im Leben
Nichts und niemand konnte ihm diese Erfahrungen noch wegnehmen
Der junge Hund durchstreifte jetzt mit den
anderen Kindern die Waldung
Und übernahm selbst immer mehr Verantwortung
Nach langer Zeit kam der Vater mit einem
Jungen heim
Er entfachte einen ganz neuen Keim

Alle waren unglaublich glücklich
Nichts schien unmöglich
Der junge Hund hatte das neue Mitglied so-
fort ins Visier genommen
Und ihn auch als neuen Freund bekommen
Der Wolf ging in die Höhle
Der kleine Hund hatte für seinen Vater
grosse Gefühle
Er machte sich um ihn Sorgen
Bei ihm fühlte er sich geborgen
Sie beide waren gar nicht so unähnlich
Und trotzdem waren sie so unterschiedlich
Er hatte von seinem Vater die Weisheit und
Reinheit geerbt
Jedoch noch lange nicht erlernt
Leider sah er seinen Vater für lange Zeit
nicht mehr
Er lag in der Höhle und der Hund vermisste
seinen Vater sehr

  Mit dem Jungen zog er jeden Tag los
Das erlebende Abenteuer war immer gross
Dank dem Jungen erwachte die geerbte Ei-
genschaft
Und zwar durch das Durchstreifen und Se-
hen der Leidenschaft
Mit jedem Tag entwickelten sich diese Erb-
schaften weiter
Diese Fähigkeiten hatte kein Zweiter

Der Hund erlernte die Eigenschaft, alle zu
lesen
Absolut alle Lebewesen
So wusste er, was in ihnen vorging
Seines Vaters Leben, welches am seidenen
Faden hing
Er erkannte in seinen Gedanken das Wesen
Die Gedanken des Wolfes waren nicht ein-
deutig zu lesen
Er erkannte Einzelteile, doch kein Zusam-
menhang
Immer wieder hörte er in seinen Gedanken
einen wütenden Klang

Der Wolf fällte eine Entscheidung
Er erzählte allen von einer Wegbeschreibung
Der Wolf berichtete von einem Ort
Die Mitteilung lautete: Jetzt sofort
Er sagte: «Es gibt im Wald ein sicheres Dorf
Es hat im Gegensatz nur wenig Torf
Dorthin müsst ihr gehen
Und nicht zurücksehen
Denn ich muss jetzt fort
Ich werde erwartet an einem verlassenen
Ort»
Mit diesen Worten verliess der Wolf das Ru-
del
Und wurde mitgerissen vom Strudel
Das war das letzte Mal, an dem sie ihn sahen
Denn sie wussten nichts von den Gefahren

Allerdings folgte die Gruppe seiner Aussage
Und waren unterwegs für einige Tage
Der Weg war hart
Sei es die Kälte, das Wetter, der Wald oder sonstige Art
Sie waren auf der Reise in den Nordwesten
Manche Wege mussten sie testen
Das war die Wildnis
Die Wege waren schmal und nicht immer ganz gewiss
Einige Schluchten ragten sehr tief
Man hörte das Echo, wenn man hinunter rief
Wenn ein kleines Junges hinunterstürzte, war es sofort tot
Weswegen die Hündin jeglichen Unsinn verbot
Die Mutter fragte sich oft: «Warum diesen Weg?
Das ist doch kein gutes Privileg
Es geht doch alles um den Schutz der Kinder
Zum Glück ist es nicht Winter»
Nach vielen schwierigen Tagen waren sie da
Und sie konnten nicht glauben, was jeder einzelne sah
Hier wurde gerade eine Siedlung errichtet
Jeder einzelne Bewohner hatte sich dazu verpflichtet
Alle Menschen waren fit
Denn jeder einzelne half mit

Sei es beim Rohstoff suchen, sägen, bauen
oder nageln
Keiner konnte ihre gute Stimmung verha-
geln
Hier lebte eine eigene Gesellschaft
Und jeder zeigte seine Bereitschaft

Doch vor dem Dorf blieb der Junge stehen
Er konnte nicht weiter gehen
Der Bube wiederholte ständig: «Ich soll ein
Wölfelein suchen
Und es einmal besuchen
Ich soll ein Wölfelein suchen
Und es einmal besuchen
Ich muss ein Wölfelein finden
Nur der Fund lässt mich von meinem
Schicksal entbinden
Einzig auf diese Weise kann ich zurück
Sonst verfalle ich in grosses Unglück»
Der Junge verlor den glücklichen, zufriede-
nen Gesichtsausdruck
Mit ihm auch seinen heiligen Schmuck

Der Junge rannte zurück in den Wald hin-
ein
Die gesamte Welt wirkte in den Augen des
weissen Hundes gemein
Der junge Hund rannte mit Tränen in den
Augen hinterher
Einen weiteren Abschied fiel ihm schwer

Er wollte seinen neuen Freund zurückholen
Die Mutter hatte ihm das nicht befohlen
Wenn der Junge jetzt ging, war er für immer
weg
Das wäre für den weissen Hund ein grosser
Schreck
Leider war sein Freund um einiges schneller
Das helle Licht wurde greller
Es folgte Regen
Vor lauter Anstrengung musste sich der
Hund hinlegen
Innerhalb von wenigen Sekunden
War der Junge aus seinem Blickfeld ver-
schwunden
Der Hund wusste von der guten Seite
Die beim Jungen immer mehr verschneite

  Nach einer kurzen Pause folgte der Hund
seinem Gespür
Er fand am Waldrand etwas Ähnliches wie
eine Tür
Es war eine Art unsichtbares Schild
Wie das Glas vor einem Bild
Das spürte die Aura vom Hund
Sowie auch das im Hintergrund
Alles dort hinten wirkte mysteriös und ge-
fährlich
Als sei alles dort unsterblich
Der Hund schaute nach oben auf den Berg,
da war etwas

Dort sah er einen Schatten, doch von wel-
chem Wesen stammte das?
Der Schatten schaute auf den kleinen Hund
hinunter
Das Wesen dort oben wirkte nicht sehr mun-
ter
Der weisse Hund spürte, dass das Wesen
eine unglaubliche, innere Macht begleitete
Was ihm Angst bereitete
Weshalb der junge Hund von dort sofort ver-
schwand
Was dort oben lauerte, wusste niemand
Der Welpe verlor den Jungen
Seine Mission war ihm nicht gelungen
Er vertraute seiner Nase und roch
Doch es wirkte so wie ein dunkles, grosses
Loch
Nichts von dem Jungen war noch da
Weder Geruch, Geräusch oder der Junge,
den er einst sah

  Der Hund hatte Tränen in den Augen und
vermisste ihn schon
Es war diese offene, lustige Person
Die ihn immer aufmunterte
Und ständig erneut begeisterte
Es war der Freund, den er gefunden hatte
Seine Haare fühlten sich so weich an wie
Watte

Er dachte sich: «Vielleicht war die Zeit ge-
kommen
Und jetzt hat er das dunkle Loch erklommen
Ich wünsche dir auf deinem Weg alles Gute
Ich hoffe, du findest deine Route»

 So schlenderte der Hund zum Dorf zu seinem neuen Heim
Das Dorf war noch ganz klein
Die winzige Bevölkerung wurde nur ein
bisschen grösser
Und das Leben hier war für die Hunde luxu-
riöser

 Die Mutter fand für alle ihrer Kinder und
für sich selbst eine Familie
Sie pflanzten vor ihrem Haus im Garten eine
Lilie
Der restliche Garten wurde mit Rosen aufge-
füllt
Die kleine Lilie wurde mit der Zeit von den
Rosen umhüllt
Es galt als Symbol vom Mann
Der so Freunde gewann
Der weisse Hund hatte ihn gut analysiert
Der Alte war glücklich und gleichzeitig auch
deprimiert
Und er wusste, der Mann hatte grosses Leid
erfahren
Doch dieses Erlebnis war vor einigen Jahren

So gab es Tage, an denen diese Erinnerung
ihn stark beeinträchtigte
Und es gab solche Tagesabschnitte, an de-
nen er sie einfach benötigte
Wie an jenem Datum, an dem der Mann ein
Mädchen fand
Er trug es vorsichtig in der Hand
Der grosse Mann war entschlossen
Das kleine Mädchen hatte die Augen ge-
schlossen
Er legte das Mädchen in sein Bett
Und hielt für sie Wache wie ein Kadett
Beim Mädchen wirkte er wie ein anderes
Wesen
Der weisse kleine Hund fragte sich, was war
in seinem Leben gewesen?
Da war noch ihr Duft
Wie frische Rosen und lauwarme Luft
Dann war die Zeit gekommen und der Mann
ging entschlossen hinaus
Er baute mit anderen Dorfbewohnern gerade
ein Haus
Alles nahm seinen geregelten Lauf
Das Mädchen wachte auf
Streckte sich kurz und ging
Obwohl es eigentlich am Dorfe hing

Genau in dem Moment, als sie das Dorf
verliess, folgte der Hund ihr
Ihre helle Seele spielte in seinen Gedanken
Klavier
Doch die junge Frau interessierte ihn auch
Um sie lag ein weisser, unsichtbarer Rauch
Welcher durch die Lüfte wehte
Und die Welt auf den Kopf drehte
Er folgte ihr bis zum Rand
Dort stand sie vor der unsichtbaren Wand
Der kleine Hund ging einen Bogen
Von der Frau wurde er magisch angezogen
Er hatte Glück
Dort hinten war ein Gestrüpp
Im Gebüsch wurde der Weg durch eine Dor-
nenkette blockiert
Der Hund zwängte sich hindurch und da war
es passiert
Er schnitt sich am Bein
Die Wunde war nicht klein
Das Jungtier ignorierte diese
Noch steckte der Hund nicht in der Krise

Er kam auf das Mädchen zugelaufen
Und hörte ihr lautes schweres Schnaufen
Seit seiner ersten Begegnung mit der Wand
Erkannte er die Bedeutung der unsichtbaren
Hand
Der Berg war für alle wichtig

Es gab keine Unterscheidung zwischen
falsch und richtig
Denn dort oben auf dem Berg lebten die Ge-
fahren
Die gefährlichsten, die jemals am Leben wa-
ren
Die Barriere war dazu da, um die andere
Seite zu beschützen
Die unsichtbare Tür war dazu da, um diese
zu unterstützen
Nur jene mit reinem Herzen konnten diese
Wand durchqueren
Und den uralten Zauber der Wand überleben

   Das Mädchen überzeugte, in dem sie zur
Reinheit neigte
Indem sie auf die Wunde vom Hund zeigte
Und sofort handelte
Und sich so in eine gute Elfe verwandelte
Ihr Geist war reich
Ihr war es gleich
Und zerstörte ihr wunderschönes, weisses
Kleid
Dem Hund tat seine Ungeschicktheit Leid
Gleichzeitig war er auch dankbar dafür
Denn sie öffnete ihm die Tür
Das Mädchen hatte in ihrem Herz nur gute
Absichten
Sie wollte gutes verrichten
Er spürte in ihr eine übernatürliche Energie

Deswegen warnte er sie
Doch das Mädchen war fest entschlossen zu
gehen
Da nützten dem Hund kein Betteln und kein
Flehen
Alles, was er konnte, war ihr Glück zu wün-
schen
In diesem entscheidenden Stündchen
Alles wird am Berg von ihr abverlangt
Daher hatte der kleine Hund Angst

  Er wartete für einige Minuten an diesem
Ort
Bevor er zurückging zu seinem Wohnort
Dort verweilte er lange Zeit
Noch war es nicht so weit
Der kleine Hund dachte an seinen verschol-
lenen Vater
Er war sein bester Berater
Denn der Hund hatte sehr viele Fragen
Und keiner konnte die Antworten sagen
So erinnerte sich der weisse Junge an seine
Taten
Nie hat der Vater seine Familie verraten
Er dachte an die aufgestellte, zuversichtliche
Frau
Sie wirkte so stolz wie ein Pfau
Auch die Frau wollte ihr Wort halten
Sei es das Versprechen an die Jungen oder
Alten

Denn dachte er an seinen Freund, den Jungen
gen
Seine Mission war ihm nicht gelungen
Er war zwar nicht von der gleichen Blutslinie
nie
Trotzdem gehörte er zur Familie
Der Hund wollte die Kraft haben vom Mädchen und seinem Vater
chen und seinem Vater
Nach seinem Freund suchen, wäre angebrachter
brachter

So ging der Hund los
Das Tier fühlte sich grandios
Er hatte seine Fährte noch nicht errochen
Seine Seele und sein Geist sprossen
Sein Herz pochte vor lauter Energie
Es war die Stärke, die er spürte, wie noch
nie

Mit Zuversicht ging der Hund an die Sache
ran
Er handelte nicht spontan
Er hatte die ganze Sache schon geplant
Doch er selbst war nicht gewarnt
Nach langer Suche erkannte er den Duft des
Jungen wieder
Ihm kamen die Erinnerungen an die vielen
Wolfslieder
Er folgte seiner Spur
Durch die wunderschöne, liebliche Natur

Auf einmal roch er auch den Geruch der Rosenblüten
Welche in seiner Nase aufglühten
Zu seiner Verwunderung gab es da noch einen Geruch
Dies war für den Hund ein Widerspruch
Er hatte Angst und rannte sogleich los
Seine Sorgen waren gross

  Und da stand der Hund vor dem schwarz ummantelten Monster
Es war der Beantworter
Das Monster gab ihm die Antwort, ob sein Vater noch lebte
Oder schon im Himmel schwebte
Grosse schreckliche Angst verspürte der junge Hund
Das scheussliche Wesen war der Grund
Es wirkte mehr wie eine böse Erscheinung
Die elendig durch die Zeit reiste, ohne Hoffnung auf Heilung
Der Hund erkannte seine Wunde
Der Wald färbte sich rot wegen der Abendstunde
Sogleich kam das Monster auf den Hund zugelaufen
Der kleine Welpe dachte, seine Zeit wäre abgelaufen
Ihm wurde klar, er hatte nicht die Kraft für einen Angriff, eher sah er die Ewigkeit

Das Monster wirkte wie schwarze Luft, die
eigentliche Dunkelheit
Der Hund erkannte sofort, er wird den
Kampf verlieren
Und musste den Tod jetzt schon akzeptieren
Er rannte los und wollte sich verstecken
Eine Baumwurzel sollte ihn decken
Der winzige, weisse Hund machte sich ganz
klein
Er hatte vor dem Monster Angst und es
wirkte gemein
Das Ungeheuer kam auf den Hund zugelau-
fen
Der weisse Hund senkte sein Schnaufen
Der Vierbeiner hatte das Gefühl, das Wesen
könnte direkt in die Seele sehen
Trotzdem hatte der Junge noch Hoffnung
und unterliess das Aufstehen

  Plötzlich knackste ein Ast
Der Hund dachte: «Jetzt bin ich gefasst»
Das Wesen drehte sich um
Der Mann von der Unterkunft kam ganz
stumm
Er rief: «Das bist nicht du!
Hör mir zu!
Du bist dieses Wesen nicht!
Schau ins Licht
Oder in einen Spiegel!
Was hat es mit dir gemacht, das Siegel?»

Das Monster lief auf den Mann zu
Der Hund verlor seine Ruh
Er sprang aus seinem Versteck
Der Hund war bedeckt mit Dreck
Das fürchterliche Wesen schlug den Mann
Er war wirklich der Sensenmann
Der Mann war angsterfüllt
Und gleichzeitig ermutigend, als er brüllte:
«Lauf und suche nach einer Person
Sie hat die Fähigkeit der Kommunikation
Du erkennst sie sofort, denn sie ist unheilbar krank
Ich schulde dir jetzt schon mal meinen Dank
Ich kann mit ihm nicht reden
Und bin mir sicher, er wird den Kampf überleben
Verschwinde und schau nicht zurück
Diese eine Person verbreitet Glück»
Dies waren seine letzten Worte
Die Tore zum Himmel öffneten seine Pforte

Sein Leben hatte einen Zweck
Der Hund rannte so schnell er konnte, weg
Er ging los, um das Mädchen zu suchen
Nur sie alleine konnte das Wesen entfluchen
Er lief zu entlegenen Ortschaften
Und entdeckte ausserhalb des Waldes neue Landschaften
Die Zeit verflog

Er war derjenige, der unermüdlich von Ort
zu Ort zog
Doch er fand das besagte Mädchen nicht
Jedes kranke Mädchen hatte ein anderes Ge-
sicht
Doch da war etwas, was die junge Frau aus-
machte
Und zwar, dass es im Herzen lachte

So durchlief der Hund die gesamte Gegend
Und spürte das Elend
Überall, wo der junge, weisse Freund auch
war
War ihm das klar
In allen Dörfern gab es viel Tote
Und kaum Getreide für Brote
Ein Friedhof war überall üblich
Die Stimmung war betrüblich
Es war ein harter Tag

An einem Platz sah der Hund weit entfernt
vom Friedhof ein Grab
Er tippelte zur Ruhestätte hin
Er staunte, denn es machte Sinn
Eine Statue war am Grabstein am Posen
Dort roch es nach himmlischen Rosen
Sie war es, die er suchte und doch tief
schlief
Sie war es, die ihn rief

Der Hund grub die Person aus
Sie lag in seinem Haus
Das Mädchen würde sich nicht verstecken
Sie würde das Monster retten

 Er verstand plötzlich seinen Sinn des Le-
bens
Der Hund lebte nicht vergebens
Lange Zeit konnte er nicht gehen, sehen und
essen, dafür gut fühlen
Und in fremden Gedanken herumwühlen
Er hatte unbegreifliche Fähigkeiten
Die ihm niemals Probleme bereiteten
Der kleine Hund war es, der durch die Zeit
reiste
Sein Fell war so weiss und rein, wie das In-
nere in seinem Geiste
Er spürte die Energie
Alles war ganz alleine nur für sie
Dies alles, für diese eine Person
Der Wind zischte in einem leisen Ton
Die letzte Fähigkeit vom Hund erwachte
Als er an seinen Vater dachte
Bittere Tränen fielen auf den Boden
Und er richtete seinen Blick nach oben
Er fühlte die unbegrenzte Macht
Und die niemals endende Nacht

Er legte sich auf ihre Brust
Und dies machte er ganz bewusst
Dann dachte er an die Wunde
Und deren bedeutende Kunde
Der weisse, traurige Hund schlief auf ihrer
Brust ein
Dies ganz alleine für die Welt und das schla-
fende Fräulein

Der verlorene Sohn

In dieser Zeit lebte in diesem armen Dorfe
ein Mann
Der zwar kaum was zum Leben hatte, aber
trotzdem Gewann
Sein Glück war, eine Familie zu haben
Und jeden Tag musste er nach Almosen fra-
gen
Kaum jemand half ihm aus
Die Strasse war ihr Zuhaus
Er musste trotzdem irgendwie seine beiden
Kinder ernähren
Und ihnen auf irgendeine Weise Schutz ge-
währen
Die Strasse und Wege waren nicht sicher
Überall hörte man unheimliches Gekicher
Und dies bedeutete ständige Gefahren
Die in diesem Dorf waren

   Vor einer Ewigkeit wurde ein Dorf auf ei-
ner grünen Wiese gegründet
Dies hatte den Menschen in den Augen die
Hoffnung entzündet
So hatten die Bewohner eine Besiedlung er-
richtet
Das Symbol in der Mitte war an den König
gerichtet
Dank dem Herrscher hatte das Dorf eine
gute Zeit
Sie hatte die Siedlung sehr lange begleitet

Daher kamen immer mehr Menschen ins
Dorf
Und jeder handelte mit Torf
Aus dem Gewinn wurden Brunnen, Felder
und Häuser gebaut
Doch die Ratsmitglieder hatten nicht an den
Abstieg geglaubt

Trotzdem passierte dies
Als der König das Dorf verliess
Alle Menschen, die gekommen waren, zo-
gen weiter
Die klugen Menschen waren ihre Begleiter
Nur sehr wenige blieben dort
Die Boomphase verschwand sofort
Alles Geld, was das Dorf jemals hatte
Nahm einer mit, und zwar *die Ratte*

Dann folgte noch eine grosse Dürre
Ihr Schicksal stand hinter einer verschlossenen Türe

Die Dürre schenkte niemandem etwas
Alle standen auf dünnem Glas
Die Bewohner wussten nicht, was sie tun
sollten
Sie wussten nur, dass sie Reichtum wollten
So litt das Dorf
Was die Bewohner im Überschuss hatten, je-
doch nicht essen konnten, war Torf

In dieser schweren Zeit kam eine helfende
Hand
Sie trug ein sehr edles und schönes Gewand
Die Frau verteilte an alle Bewohner Brot
Das half ein wenig gegen die Not
Sie kam zu allen Personen
Und verteilte an alle Essensportionen

Alle Bewohner fielen in einen Wahn
Denn keiner wusste, woher sie kam
Ihre Kleidung war immer edel
Sie sah nicht so aus wie ein Frevel
Ihr Gesicht sah so süss aus wie Zuckerguss
Kaum jemand verweigerte ihr den Gruss
Beeindruckend war ihr Gang
Sowie ihr fröhlicher, heiterer Gesang

Sie kam jeden Sonntag in die Besiedlung
Und alles nahm eine ganz andere Entwicklung

Denn einer seiner Söhne wurde krank
Für ihn fühlte es sich so an, wie Trauer, in
der der Junge versank
Dort erlosch seine Freude
Sein Sohn erzählte wirres Zeug
Seine Augen wurden trocken und glanzlos
Der Gedanke an die Zukunft wurde zuneh-
mend hoffnungslos
Die Haut des Sohnes war bleich
Und er trank auch kein frisches Wasser vom
Teich

Das gesamte Dorf kannte seinen kranken
Sohn
Doch für seine Art und Gestalt bekam er von
allen nur Hohn
Eines Abends verspotteten die Bewohner
seinen Nachkommen auf dem Dorfplatz
Er sah die Taten und hörte den verletzenden
Satz
«Ein Kind, eher eine Karotte»
«Nein, er ist eine lästige und dämliche
Motte»
Eine unwürdige Beleidigung, die den Vater
kurz um den Verstand brachte
Sein Zorn erwachte
Das, was die Dorfbewohner machten, war
gemein
Daher schickte er seine Söhne schnell heim

Der Mann sprang wütend auf ein Fass und
schrie:
«Was seid ihr für ein dämliches Vieh?
Das ist mein kranker Sohn
Ist das meiner Arbeits Lohn?
Sagt mir sofort warum!
Gibt es für eure dreckigen Worte einen trifti-
gen Grund?
Und nichts kommt als Antwort raus!
Bin ich hier wirklich Zuhaus?
Ich hoffe schon
Denn ich kenne jede einzelne Person!
Das, was ihr gerade tut, das seid ihr nicht
Wo ist euer Augenlicht?

Wo in aller Welt ist euer Mitgefühl?
Ihr seid warm im Herzen und nicht kühl!
Ich möchte euch einfach ins Gewissen reden
Lasst meinen Sohn, wie er jetzt ist, einfach
leben!
Wir leben in einer schönen Landschaft
Und wir sind eine einheitliche Gesellschaft
Wie würde es dir gefallen, wenn du ausge-
lacht wirst
Und du in den Gedanken nach den Gründen
herumirrst
Akzeptanz ist es, was ich euch sagen will
Geht in euch und seid mal ganz still
Danke an das Bild, welches du in der Stille
gefunden hast
Und was du mit der Person machst
So denkt immer an meine Worte
Das ist der Weg zur rücksichtsvollen Pforte»

  Die Leute hielten inne
Und öffneten alle Sinne
Der Mann stieg herunter vom Fass
Die Bewohner fühlten keinen Hass
Alle versammelten Leute schauten sich
sprachlos in die Augen
Der Mann wirkte so, als könne er zaubern

  In dieser Zeit ging der Mann heim zu seinen Kindern
Um ihr Leid ein wenig zu lindern
Zu seiner Überraschung fand er nur ein Kind
vor

Sein kranker Sohn durchschritt das Dorftor
Also spurtete der Mann dem verlorenen
Kind hinterher
Doch die Suche nach ihm war zu schwer
Er suchte seinen Nachfahren im Dorf, beim
See und rannte bis zum Walde
Wo der Mondschein nicht mehr
durchstrahlte
Eine innere Wut brach aus ihm heraus
Dieses Dorf galt ab sofort nicht mehr als
sein Zuhaus
Er war einer der ersten Menschen, die dort
lebten
Doch für ihn sollte dort nur noch die Erde
beben
Und gleichzeitig fühlte er sich bedrückt
Der Mann hatte seinen armen Jungen seit
gestern Abend nicht mehr gedrückt
Er wollte seinen Sohn nicht aufgeben
Sein Kind sollte mit seiner Familie leben
Betrübt und geschockt schlich er ins Dorf
zurück
Wo er seinen gesunden Sohn umso mehr
drückte, sein Herzstück

 In der Nacht träumte er von ihm
Er sah, der Junge hatte nächtelang geschrien
Dann irrte er im Wald umher
Sein Sohn verlor seine Sicht immer mehr
Er rannte immer weiter und plötzlich stand
er vor einem Baum
Man erkannte ihn kaum

Auf einmal veränderte sich seine Gestalt
Und das mitten im Wald
Der Vater konnte seinen Sohn kaum noch
erkennen
Nach einem Augenblinzeln sah er die Welt
brennen
Der Vater erwachte und war vollgebadet mit
Schweiss
Der Traum galt für ihn als Beweis
Sofort traf er den Entschluss
Es war ein Muss
Der Junge schien ganz verwirrt zu sein
Einsam und allein
Er wollte nicht, dass dies seinem Sohne-
mann passierte
Da er in sein Verderben marschierte

   Am Morgen weckte er seinen geliebten
Sohn auf
Der Vater nahm den Verlust seines zweiten
Sohnes in Kauf
Er sagte ihm: «Wir sind eine Familie
Wir haben die gleiche Blutslinie
Dein Bruder ist vielleicht für immer ver-
schwunden
Daher zählen jetzt alle Sekunden
Ich werde nach deinem Bruder suchen
Und du wirst ein anderes Dorf besuchen
Ich hoffe, dass du dort in Sicherheit bist
Und diesen Ort so schnell wie möglich ver-
gisst»

So gingen die zwei
Das Dorf war dem Vater jetzt allerlei
Alles, was die Bewohner jemals taten
Mit allen Ansichten, die sie je vertraten
Er liess sie hinter sich
Jedes Lachen mit ihnen war ihm peinlich
Er fühlte sich über die ganze Zeit hintergan-
gen
Ihm war die Tatsache immer entgangen
Er wollte die Bewohner nie wieder sehen
Diesen Fehler wollte er nie wieder begehen
Durch sie war er ins Unglück geritten
Seinen schlimmsten Verlust hatte er durch
sie erlitten

Der Vater brachte seinen Sohn zu einem
anderen Dorf
Hier gab es viel pflanzlichen Schorf
Die gesamte Ortschaft machte keinen guten
Eindruck
Doch der Vater hatte Zeitdruck
Er gab dem Jungen all seinen Lohn
Und verliess anschliessend seinen Sohn
Er wandte ihm den Rücken zu nur mit dem
einen Glauben
Er hatte Tränen in den Augen

In das dichte Waldgebiet marschierte er
hinein
Die Fundchance blieb sehr klein
An verschiedenen Bäumen lief er vorbei
Er atmete frische Luft und fühlte sich frei

Die reine Natur tat ihm gut
Ruhe kam in sein Blut
Sein Herz war gefüllt mit Hoffnung und Zu-
versicht
Am Ende des Horizontes sichtete er Licht

  Er wusste, es würde mehrere Tage dauern
Wenn er seinen Sohn findet, würde er kei-
nen Tag bedauern
Also baute er eine Unterkunft
Diese brauchte er in der Zukunft
Er suchte nach seinem Kind einen halben
Tag
Und sammelte anschliessend Holz, das im
Walde lag
Jeden Tag nach dem gleichen Muster und so
verging die Zeit
Er marschierte jeweils sehr weit
Von seinem Sohn fand er keine Spur
Der Junge wurde verschluckt von der Natur

  Eines Tages fand er einzelne Leute
Zusammen bildeten sie eine Meute
Der Mann erkannte die Personen wieder
Es waren seine einstigen Mitglieder
Die Leute vom Dorf
Welches überfüllt war mit Torf
Mit den Gedanken an seinen Sohn
Fragte er eine Person
«Ist mein Kind zurück?
Ist es wirklich verrückt?»
«Mein guter Mann, was redet Ihr da?

Wart nicht Ihr es, der den Knochenfund
sah?»
«Nein, das war ich nicht»
Da erlosch das hoffnungsvolle Licht

Er trottete zu seinem Haus
Und fühlte sich so klein wie eine Maus
«Die Knochen waren bestimmt seine
Er hatte doch noch so kleine Beine»
Also verweilte er kurz an seinem Ort
Seine einte Zukunft flog also fort

Es klopfte an die Tür
Der Mann verspürte Wut und Willkür
Sein Herz pochte vor rasender Energie
Und so öffnete er sie
Ein brauner Wolf stand davor
Er hörte das Winseln in seinem Ohr
Auf der Stelle verpuffte die Wut
Nur durch den Blick sah er neuen Mut
Sie gingen stumm in den Wald
Der Abend kam sobald
Vor seiner Tür sah der Mann die Leute
Sie haben sie nicht gefunden, ihre Beute
Und sie kamen nicht zurück zu ihrem Dorf
Das schuldige Dorf mit dem vielen Torf

Also blieben die Leute beim Mann
Der mit der Zeit neue Freunde gewann
Auf diese Weise entstand eine neue Besied-
lung
Und es war eine offene Beziehung

Die Entscheidung für das wilde Tier
Es brauchte ihn nicht mehr und so ver-
schwand er von hier
Der Mann erfuhr, sie fanden grosse Knochen
Sein Wille erwachte und war nicht mehr ge-
brochen
Er bekam neue Hoffnung
Und alles nahm seine geregelte Ordnung
Er suchte wieder nach seinem Kind
Er durchsuchte den Wald mit dem Wind

Eines Tages zur späten Stunde
Kam zum Dorf ein Rudel Hunde
Er machte augenblicklich in seinem Haus
Platz
Auch vom Verhalten war er ein Gegensatz
Denn der Mann wusste, was es hiess, eine
Familie zu haben
Es waren viele grosse Aufgaben
Und diese galt es zu erfüllen
Um deren Bedeutung zu enthüllen

Der Mann ging weiter auf die Suche
Und durchstreifte ein grosses Gebiet einer
Buche
Ihre Wurzeln waren riesig
Der Ort wirkte sehr friedlich
Auch wenn er den Ort noch nie gesehen
hatte, war ihm das vertraut
Die Natur hatte schöne Sachen erbaut
Bald war er im Land der Tannen
In diesem Gebiet war man rasch gefangen

Unter den Nadeln sah er ein Mädchen
Es war so dünn wie ein Stäbchen
Der Mann dachte, die junge Frau wäre hier
draussen verloren
Und sie war nicht einfach so zum Sterben
geboren
Daher nahm er die Dame in die Arme
Der Mann bemerkte ihre Wärme
Sofort erschienen bei ihm alte Erinnerungen
Kinderlieder hatte er seinen Kindern oft ge-
sungen
Durch sie stieg die Sehnsucht
Der Gedanke war wie eine süsse Frucht
Wegen der elterlichen Fürsorge brachte er
das Mädchen in sein Heim
Dass sie im Dorfe rastete, blieb geheim
Zuhause angekommen, legte er sie ins Bett
Sie war so dünn, als spürte man nur das Ske-
lett

   Sitzend auf der Bettkante verweilte er
Der Blick in die Vergangenheit fiel ihm
schwer
Denn er hatte zwei Söhne
Und sie spielten verschiedene Töne
Eigentlich wollte er, dass sie zusammen
blieben
Er wollte sie beide gleichviel lieben
Jedoch musste er sich entscheiden
Für sein erdachtes glückliches Ende musste
er leiden

Und aktuell war es ein Trauerspiel
Das ihm keineswegs gefiel

Die weibliche Person war eine süsse Maus
Der Mann musste, bevor die erste Träne fiel,
aus dem Haus
Und dies wegen der gefundenen Frau
Ablenkung fand er beim Bau

Nach der Arbeit kehrte er zurück
Und wurde wegen dem leeren Bett verrückt
Die junge, zerbrechliche Frau war ver-
schwunden
Und dies innerhalb weniger Stunden
Augenblicklich dachte er an seine Fähigkei-
ten
Die ihm nur Schmerz und Leid bereiteten
Er sah die Hündin an und sah ein Licht
Als Elternteil hat man eine gewisse Pflicht
Diese galt es zu erledigen
Nichts anderes kann man noch genehmigen
Dort wusste er die Antwort
Seine beiden Kinder waren nicht fort
Sie beide lebten, da war er sich gewiss
Es gab keinen Hoffnungsriss
Denn er wusste, er wird seinen Sohn finden
Und ihn mit seinem Bruder und ihm verbin-
den

So irrte er weiter im Wald umher
Loslassen war zu schwer

Und dies wollte er auch nicht
Viel lieber verlor der Mann sein Gesicht

Eines Tages schnappte der Vater draussen
nach Luft
Doch es war nicht der gute, frische Duft
Er nahm einen Schluck aus seiner selbstge-
machten Flasche
Auch das Wasser schmeckte nach Asche
Der Mann erinnerte sich an den Traum
An die Flammen und den Baum
Da packte ihn der Gedanke an seinen Sohn
Sass er auf dem dunklen Thron?
Denn im Traum funkelten die Asche und das
Feuer
Dem Vater war der Traum nicht geheuer

Der Mann eilte in den Wald
Und suchte nach der monströsen Gestalt
Er folgte seinem Herzen
Schliesslich verspürte er seines Sohnes
Schmerzen
Der besorgte Vater rannte geschwind
Er sauste schneller als der Wind
Angst hatte er in den Augen
Da er nicht dem Traum wollte glauben
Auf dem linken Ohr hörte er das Rascheln
der Blätter
Es herrschte ein stürmisches Wetter

Inmitten des Waldes sah er den weissen
Hund und den schwarzen Dampf
Schon bald kam es zu einem Kampf
Doch der Hund eilte zu einem Versteck
Die drei Gestalten standen in einem Dreieck
Er konnte nicht glauben, was er sah
Seinem Sohn war er jetzt endlich nah
Allerdings in einer anderen Form
Dies erfüllte den Mann mit Zorn
Der Mann hatte seinen Sohn fast
Und trat mit Absicht auf einen Ast

Er rief: «Dieses Wesen bist nicht du!
Höre meinen Worten zu!
Das Böse bist du nicht!
Schau auf die helle Seite vom Licht!
Erkennst du dich in einem Spiegel?
Was hat es dir gemacht, das Siegel?
Ich kenne nur deine guten Seiten
Denk an unsere guten Zeiten!
Schau in meine Augen und erinnere dich
Dein Vater bin ich!
Ich würde dich niemals aufgeben
Vielmehr gäbe ich mein Leben!»

Das Wesen schaute wortlos den Vater an
Brach der Vater den Bann?
Langsam ging er auf seinen Vater zu
Und brach ein heiliges Tabu
Sein Sohn schlug ihm mitten ins Gesicht
Einer der Wangenknochen pulverisierte, das
Monster zeigte keine Rücksicht

Er war gefangen in den dunklen Ketten
Der Vatter konnte ihn nicht retten

Er erinnerte sich an die junge Frau im Bett
Sie war immer grosszügig und nett
So lange war er blind
Jetzt erkannte der Vater das Kind
Er sah neue Hoffnung
Sie brachte vielleicht ins Chaos Ordnung

Er sagte zum Hund, er sollte eine junge
Frau suchen
Sie könnte seinen Sohn entfluchen
Und mit ihm kommunizieren
Um seine alte Seite zu regenerieren
Dies könnte klappen
Ihrer Familie gehörte das Wolfswappen

In den Gedanken wusste er, er war kein
Versager
Das Monster schlich zum Vater
Er erkannte, es wird schon bald enden
Der Hund sollte keine Zeit verschwenden
Er schrie: «Verschwinde und schau nicht zu-
rück
Diese Person verbreitet Glück!»
Der Vater betrachtete seine Augen
Er wird immer an ihn glauben
Das Monster erhob seine Hand
Und der Vater verlor seinen Stand

Schutz

Schon vor langer Zeit
Lag die Hündin zum Sterben bereit
Sie wurde als kleiner Welpe in der Wildnis
ausgesetzt
Absolut niemand war von dieser Tatsache
entsetzt
Es war sozusagen eine Kunde
Ihre menschliche Familie wollte nicht noch
mehr Hunde
Die Besitzer hatten jegliche Leute gefragt
Allerdings wollte keiner den braunen Wel-
pen haben und alle haben die Leute davon-
gejagt
Daher beschlossen sie es
Eine Trennung galt als nichts Besonderes
Die Aussetzung des Hundes kam von der
Familie nicht spontan
Denn man hatte dies schon zweimal getan
Es gab keine einzige Person, die reklamierte
Und keinen im Dorf, der sich für die Rettung
engagierte

  Die Familie steckte den Welpen in einen
Käfig
Um auszubrechen, war sie nicht fähig
Denn sie liessen den Käfig am Ort ver-
schlossen
Danach verzogen sich die Genossen

Die Hündin hatte Angst und sie war nicht
fähig
Auszubrechen aus dem Käfig
Sie kratzte an den Gitterstäben, jaulte und
stiess den Kopf gegen die Stangen
Es gab einen Gedanken *Freiheit*, doch sie
blieb gefangen
Der junge Welpe wollte raus
Einfach in die Welt hinaus
Denn das war kein Leben
Und dann stand sie im Regen
Im Anschluss wurde der Tag dunkel
Plötzlich hörte sie ein Gehumpel
Die unerfahrene Hündin brüllt
Ihre Augen waren angsterfüllt

Aus der Finsternis trat ein alter Mann
Der langsam zu ihr kam
Sein Blick war schockiert
Die kleine Hündin zitterte, sie war ganz
traumatisiert

Er sprach: «Das wird niemals deine Fami-
lie sein
Das alles war nur ein böser Schein
Welcher Mensch tut denn so was
Ein Tier zum Sterben auszusetzen, ist kein
Spass
Ich nehme dich auf
Und lasse dich jetzt hinaus»

Augenblicklich öffnete er das Schloss
Die Hündin stürmte hinaus wie ein Koloss
Voller Furcht rannte sie davon
Auf die Hündin wirkte der Mann dennoch
fromm
Sie entfernte sich von der Person
Geprägt hatte sie die Aktion
Trotzdem beobachtete sie ihn auch neugierig
Die Situation blieb für die Hündin sehr
schwierig
Im hohen Gras versteckte sie sich
Wer war der alte Mann eigentlich?

Er ging gemütlich seine Strecke
Im Wald hatte er Holz für seine eigenen
Zwecke
Die Hündin folgte ihm
Sie dachte nicht daran zu fliehn
Im Anschluss spazierte der Mann zu seinem
Haus
Und nahm den Schlüssel aus der Hose her-
aus
Der Herr öffnete die Tür
Er hatte die Anwesenheit des Hundes im Ge-
spür

Die Hündin betrachtete alles aus sicherer
Distanz
Sein Verständnis schien von einer anderen
Instanz
Er legte Futter vor die Türschwelle
Und blieb ein wenig an Ort und Stelle

Nach ein paar Minuten schlich er ins Haus
hinein
Und liess das Futter vor seiner Tür allein

Die Hündin roch die unterschiedlichen und
herrlichen Düfte
Ein kleiner Teil der Angst verpuffte
Sie beobachtete die Gegend, schlich zum
Futter und frass
Danach huschte die junge Dame wieder ins
Gras
Die Hündin machte die Augen zu und ent-
schlief
Sie träumte sehr tief

Am Morgen erwachte sie in einem Haus
Durch die offene Tür konnte sie immer hin-
aus
Im Haus erkannte sie den Duft
An den Möbeln hing des Mannes Luft
In einer Ecke lag ein wenig Schutter
Und vor ihrer Schnauze lag ein Schälchen
Futter
Sie ass schnell
Es war normales Fleisch, also nicht sehr ori-
ginell
Im Anschluss folgte sie seinem Geruch
Für die Hündin bedeutete dieses Erlebnis im
Leben ein Umbruch
Sie observierte den Mann beim Holz Hacken
Danach beobachtete sie ihn beim Backen
Sie konnte ihn so bewerten

Ab und zu schielte er zu seinem neuen Ge-
fährten
Und er lachte
Was auch der Hündin Freude brachte

  Mit der Zeit verschwand der Späher
Die wachsende Hündin kam ihm immer nä-
her
Sie wurde zutraulicher
Ihre Beziehung wurde leidenschaftlicher
Durch ihn lernte sie das Gefühl der Freude
und des Spasses kennen
Schon bald konnte niemand die beiden tren-
nen
Die Hündin blieb in seiner Nähe
Bei ihm gab es keine schwarze Krähe

  Der Mann war sehr nett
Er teilte mit ihr sein Essen, das Sofa und
sein Bett
Jeden Tag kraulte er ihr Fell
Dieses Gefühl empfand sie als ganz speziell
Dadurch zeigte er ihr seine Liebe
Die Hündin wedelte mit dem Schwanz, als
wären es freundliche Hiebe
Sie liebte es in seiner Nähe zu sein
Am liebsten legte sie sich auf die Decke
über sein Bein
Oder neben ihm beim Kamin
In ihm lebte ein Rubin

Eines Tages fühlte sich der Mann nicht gut
Seine Stirn glich der Temperatur der Glut
Vor dem Kamin hustete er:
«Ich vermisse das alte Leben sehr
In einer Zeit, in der man vertrauen konnte
Dort wo sich das Leben noch lohnte
Ich heiratete einst die schönste Frau auf Er-
den
Gemeinsam ritten wir jeden Tag auf Pferden
Meine liebe Freundin, ich kann dir nicht sa-
gen, wie glücklich wir waren
Es gab viele Naturspektakel, die wir sahen
In ihrer Umgebung fühlte ich mich geborgen
Doch dann ist sie leider gestorben
Ich habe sehr viel über das Leben nachge-
dacht
Seit ihrem Tod hatte für mich nichts mehr
Sinn gemacht
Sie verkörperte mein spezielles Abendlicht
Und ich schrieb dazu für sie ein Gedicht:

In Erinnerung an verstorbene Bekannte
Die ich als Geliebte ernannte
Mit dir konnte ich zu Lebzeiten lachen
Du hast mich beschützt und bei jedem tägli-
chen Erwachen
Befandst du dich neben mir
Und dafür danke ich dir
Du überreichtest mir etwas, was ich lange
Zeit suchte
Immer wieder fand ich das Glück, wenn ich
dich besuchte

Es war die Liebe, das Gefühl in einer anderen Welt
Wo wir alleine waren in der Natur und lebten in einem Zelt
Jedes Mal wenn ich traurig war, nahmst du mich in den Arm
Tröstetest mich und gabst mit der Stimme, dem Herzen und Körper warm

Ich konnte mir eine Welt ohne dich nicht vorstellen
Ich musste mich immer zu dir gesellen
Dieses Gefühl blieb ein ständiger Drang
Deine Stimme, ein wunderschöner Gesang
Daher wollte ich dich vor Gefahren beschützen
Baute eine Brücke über jede einzelne Pfütze

Irgendwann kam der Tag, an dem du es wagtest
Und mir in der dunkelsten Zeit folgende Worte sagtest
«Ich werde ewig leben
Und dir auch dieses Gefühl geben
Ich bin unsterblich
Der Körper ist vielleicht sterblich
Doch du, deine Erinnerungen und dein Herz halten mich am Leben
Und ich bin ständig bei dir ob in der Nacht, in der Sonne oder im Regen
Also beweine meinen Tod nicht

Ich will dich glücklich sehen im ewig hellen
Licht
Ich werde nie weit weg von dir sein
Schliesslich umarme ich dich gerade und
werde bei dir sein
Doch leider ist es jetzt Zeit für mich zu ge-
hen
Ich bin mir sicher, dass wir uns wiederse-
hen»

Von da an ist deine Stimme für immer ver-
schwunden
Und habe deine Stimme nur in meinen Ge-
danken gefunden
Ich bin alleine und es ist schwer weiter zu
machen
Jeden Tag ist es das Gefühl aus einem Alb-
traum zu erwachen
Von dort kommt immer deine Stimme
Und ich mich durch diese Worte besinne
«Ich werde immer bei dir sein
Ein Teil von mir ist bei dir in den Gedanken
daheim»

Also werde ich diesen Teil der Gedanken
bewachen
Und täglich mit dem Leben lachen
Irgendwann vergeht die Pein
Und dann werde ich nicht mehr alleine sein

Meine liebe Freundin, heute ist der Tag
An dem ich diesen letzten Satz sag»

So schlief er ein
Die Hündin sah den Mond im Augenschein
Und sie blieb bei ihm
Der beste Ort für ihn war das Wohnzimmer
mit dem Kamin

Am nächsten Tag begleitete sie ihr Herr-
chen nach draussen
Die Hündin sah einen braunen Wolf mit ei-
genen Augen
Die Dame beobachtete das Tier
Dieses Grundstück entsprach nicht seinem
Revier
Er machte auf sie einen guten Eindruck
Sie brachte ihm einen Wasserschluck
Jeden Tag befand er sich an Ort und Stelle
Er entwickelte sich zu ihrer Lichtquelle

Eines Abends schlotterte der Mann:
«In dieser Kälte holt mich der Sensenmann
Das Wetter ist viel zu kalt
Und ich schon viel zu alt
Unser Holz ist schon bald alle
Wir stecken in naher Zukunft in der Falle
Du, mein kleiner erwachsener Gefährte,
wirst dich erholen
Ich werde in dieser Zeit Holz holen
Schon bald werde ich zurück sein
Danach gönne ich mir ein Gläschen Wein»

Der Mann betrat die stürmische Welt, es entsprach seinem Lebensstil
Auch wenn der Hündin sein Vorhaben nicht gefiel
Zum Glück trug er sein wärmstes Kleidungsstück
Mehrere Stunden vergingen, doch er kam nicht zurück
Die Hündin wartete und wartete
Wodurch die Situation ausartete
Die Hündin machte sich grosse Sorgen
Für sie begann ein neuer Morgen
Der Mann kam nach wie vor nicht zurück
Diese Tatsache machte die Hündin ganz verrückt
Sie musste es zumindest versuchen
Und nach ihrem Herrchen suchen
Er sass für sie auf dem höchsten Rang
Und ging zum Ausgang
Dort wartete der Wolf schon auf die Dame
Sie berichtete ihm das vorgefallene und nannte seinen Namen

Der Wolf folgte ihr
Beide hatten ein gutes Gespür
Auf der Suche erzählte die Hündin von ihrem Abenteuer
Die Person war ganz und gar kein Ungeheuer

Der Mann agierte für sie als ein gutes Herrchen
Und sie verschwand in den Gedanken von
seinen Märchen

Die beiden Tiere fanden immer mehr zu-
sammen
Eine innige Liebe konnte sich entflammen
Er gab ihr alles, was sie brauchte
Da er ihr jeden Tag neues Leben und Hoff-
nung einhauchte
Genau diese Ermutigung benötigte sie auch
Von der Zuversicht nahm sie jeden Tag Ge-
brauch

Eines Tages zeugten sie kleine Welpen
Welche die Ansichten von beiden erhellten
Nach kurzer Zeit wurden sie geboren
Suchten sie weiter nach dem Mann, wären
die Kinder verloren
Die Anzahl an Jungtieren belief sich auf zu
viele
Die Hündin zeigte jedem einzelnen Kind
ihre Liebe
Die Mutter fühlte sich durch die Kleinen
heiter
So beschlossen sie, der Wolf suchte alleine
weiter

In dieser Zeit sorgte sie sich um ihre Brut
Es tat ihr und ihren Neugeborenen gut
Sie tranken Milch und schliefen

Die Hündin hörte, wie die kleinen nach der
Mutter riefen

Nach einiger Zeit kam ihr Mann heim
Er behielt die traurige Nachricht nicht ge-
heim
Die Hündin war ganz froh darüber
Jetzt weinte sie zwar, aber war dafür klüger

In ihrem Inneren baute sich eine Leere auf
Und ihr Mann nahm ihr Leid nicht in Kauf
Für eine kleine Zeit zog sie sich zurück
Und haderte mit ihrem neuen Glück
Sie dachte an den alten Mann
Der unerschrocken zu ihr zum Käfig kam
Die Hündin sah vor ihren Augen sein Ge-
sicht
Und der Mann sprach sein Gedicht
Er führte seinen Dialog
Ein kleiner Teil der Trauer verflog
Jeden Tag kam das Wölfelein
Durch ihn wurde die Trauer klein
Er munterte sie auf
Und ihr Leben nahm einen ganz anderen
Lauf

Die Mutter bekam erneut Nachwuchs
Sie beschützte die kleinen vor dem Fuchs
Ihr Mann zog wieder weg
Doch dieses Mal aus einem anderen Zweck
Sie machte sich Sorgen um ein Kind
Denn es war sehr lange blind

Der weisse Junge trank und ass nicht
Sie fürchtete sich vor dem Licht
Daher sorgte sie sich um das Kind noch
mehr
Seine Liebe zu ihr gefiel ihr sehr
Er sollte um alles in der Welt leben
Die Hündin konnte ihren kleinen weissen
Welpen nicht aufgeben

 In ihm fühlte sie eine wolllustige Glut
Seine Entwicklung war gut
Nach einigen Monaten kam der Wolf mit ei-
nem menschlichen Kind daher
Die Hündin vermisste den Wolf sehr
Zugleich verschwand er wieder
Und die kleinen Welpen sangen Wolfslieder

 Jeden Tag besuchte die Hündin den Wolf
in seiner Höhle
Für ihn empfand sie grosse Gefühle
Sie sah selbst, er war nicht gesund
Jeden Tag legte sie sich zu ihm und leckte
seinen Mund
Diese Geste galt als Zeichen ihrer Liebe zu
ihm
Aber wie es ihr schien
Wurde er immer filigraner
Er bewegte seinen Kopf immer langsamer
Doch sein fürsorglicher Blick sprach für sich
Der seine Liebe zu ihr unterstrich

Sie sorgte sich zudem um ihre Kinder und
den Jungen
Auch seine Entwicklung war gelungen
Die Hündin hatte ihn wie ihr vorheriger Be-
sitzer lieb gewonnen
Eines Tages war das glückliche Leben im
Walde zerronnen
Ihr Mann sagte ihr, sie sollten fliehen
Und in ein aufbauendes Dorf ziehen
Dort würde sie Unterstützung bekommen
Seine Dringlichkeit hatte sie in seinen Wor-
ten vernommen
Er bat seine Frau inständig
Es war für alle notwendig
Er sagte, dass ihn das Monster nicht tötet
Und er bei seiner Rückkehr ihr gesamtes
Leid tröstet
Das Monster verfügte über eine unglaubli-
che Macht
Und sie bildete seine hellste Pracht
Daher müsste er geschwächt gehen
Seine gesamte Welt würde sich immer nur
um sie drehen

So zog die Familie ohne den Wolf los
Sie stapften über Stöcke, Steine, Wurzeln
und Moos
Den Weg, den der Wolf nannte
Sehr oft gab es nur eine Variante
Die Strecke war überaus gefährlich
Allerdings auch genauso herrlich
Man sah die goldenen Weizenfelder

Und blickte auch auf die weiten Wälder
Die Kinder staunten von den vielen Tieren
Viele liefen wie sie auf allen vieren

Nach einigen Tagen und Nächten war das
Rudel endlich angekommen
Alle Kinder waren ausgelaugt und fühlten
sich wegen der Reise etwas benommen
Das menschliche Kind rannte plötzlich da-
von
Die Hündin dachte, es sehe eine Illustration
Danach lief ihr weisses kleines Kind davon
Und sie deutete dies als eine spielerische
Aktion
Die Hündin selbst fühlte sich müde
Sie war zu ihren Kindern nicht weiter rüde

Die Familie kroch vor Müdigkeit in die Be-
siedlung
Das Dorf stand noch in der Entwicklung
Hier herrschten keine Käufer
Es gab sehr viele unvollständige Häuser
In der Mitte legten sich alle hin
Momentan war der Ort für das Rudel noch
kein Gewinn
Alle Kinder schliefen ein
Nach einiger Zeit kam ihr Sohn alleine heim

Die Mama fragte besorgt: «Was ist geschehen?
Ich würde die Situation gerne verstehen»

«Er rannte, ohne einen Grund zu nennen, in den Wald
Mein Freund sah so aus wie eine andere Gestalt
Ich hoffe, dass er heimkommt
Und das prompt
Ich will, dass er heimkehrt und das jetzt!
Mein Herz ist zutiefst verletzt!»

«Ich bin mir sicher, er kommt zurück
Schliesslich glaube ich an unser Glück
Glaube nur daran
Meine Suche fängt schon bald an»

Ihr kleiner Junge legte sich hin
Ach, das arme Kind

Plötzlich kam ein mächtiger Mann daher
Und er offerierte der Familie noch mehr
Schon im ersten Moment, als sie auf ihn trafen
Lud er sie ein, in seinem Eigenheim zu schlafen
Die Nächte waren kalt
Und hier im Wald lebte eine böse Gestalt
Wegen diesem Wesen sollte es sein
Die Mutter schlug ein
Sein Verhalten war sehr zu loben
Die Kinder rafften sich auf und schlummerten auf seinem Stubenboden

Am Morgen erwachte die Hündin mit dem
Mann,
Der langsam auf die Hündin zukam
Er fragte sie: «Was tut ihr im Wald?
Hattet ihr in dieser Zeit nie kalt?
Was treibt euch hier hin?
Ich verstehe noch keinen Sinn»

«Mein Mann erzählte von hier
Hier herrscht keine Gier
Auch wir wissen von dem Wesen
Es treibt überall sein Unwesen
Doch auch du müsstest in einem Dorf leben
Warum bist du im Wald am herumstreben?»

«Die Leute im Dorf hatten einen meiner
Söhne nicht gekannt
Daher ist er in das Waldgebiet gerannt
Jetzt suche ich nach ihm
Ganz egal, wie das Schicksal sein wird, ich
nehme es hin
Der Abschied von meinem zweiten Sohn
quält mich ununterbrochen
Dadurch wurde ich gebrochen
Für mich ist es nun eine Pflicht
Nur dort sehe ich ein Licht
Und der Garten vor dem Haus dient als Zei-
chen
Niemals wird das Blumenfeld von diesem
Haus weichen

Es wirkt vielleicht wie etwas Normales
Doch für mich bedeutet es alles
Ihr könnt hier jede Nacht ruhen
Passt nur auf, ich meine auf die Blumen»

Über seine Vergangenheit zu reden, fiel
ihm schwer
Also verschwand er
Aber wie die Hündin sah
War er beim Abgang den Tränen nah
Eine Geste, die ihr eine Offenbarung ein-
brachte
Und ab sofort war sie es, die die Blumen be-
wachte
Zudem suchte sie nach dem Jungen
Doch niemals war die Expedition gelungen

Eines Tages verschwand ihr weisses Kind
Der Hund lief so schnell fort wie der Wind
Wo sich ihr kleines Küken aufhielt, konnte
sie nicht ahnen
Sie dachte nur an die Gefahren
Ihr Gedanke drehte sich um das Wesen
Doch er war es nicht gewesen
Allerdings verspeiste das Monster ihr Kind
sicherlich wie Speck
Der Gedanke, ein Schreck

Die Hündin rannte über das Laub
Über jede Wurzel und jedes Kraut
Über jedes Steinchen und jedes Korn
Durch jeden Busch und unter jedem Dorn

Sie suchte ihr kleines in jedem Loch
Die Hündin verfolgte seine Spur, soweit sie
ihn roch
Irgendwie zwischen den Bäumen wurde sein
Duft geringer
Sie verlor die Spur von ihrem Glücksbringer

   Von diesem Tag an begleitete sie den
Mann bei der Suche
Sie inspizierten jeden Ahorn und jede Buche
Die beiden verbrachten miteinander viel Zeit
Sie verstand seinen und er verstand ihren
Schmerz in alle Ewigkeit
Der Mann half ihr immer
Ihr gesamtes Leid schmerzte auf diese
Weise nicht schlimmer
Sie wurden Freunde
Wie er hatte auch sie die gleichen Träume
Der Gedanke blieb, dass sich ihre Kinder ge-
gen die Natur wehren
Eines schönen Tages werden sie zurückkeh-
ren

   Nach einer Zeit verschwand der Mann eilig
aus dem Haus
Da er nicht mehr zurückkam, legte sie ihm
vor die Tür einen Blumenstrauss
Der alte Mann blieb von diesem Tage an
verschwunden
Und er wurde nicht mehr gefunden
Die Hündin erledigte die gleichen Aufgaben
Diese wollte sie nie begraben

Ihre Kinder gewannen an Grösse, Reife und
Mut
Ihn ihnen floss das Herzblut
Sie wollten ebenfalls mit der Suche nach
dem verlorenen Kind beginnen
Doch ihre Mutter konnte ihre Vernunft ge-
winnen
Es war zu gefährlich
Dies sagte sie ihnen ehrlich

  Eines Abends hörten die Hunde Tritte
Sie kamen von der Dorfmitte
Jedes Tier spitzte sein Ohr
Eines ihrer Kinder schlich vor
Der braun-weisse Hund zog los
Mit leisen Pfoten über das Moos
Was jedem auffiel
Es war eine grosse Gestalt, die keinem gefiel
Da trat er aus dem Schatten raus
Und kam augenblicklich zurück ins Haus
Alle bis auf die Mutter zitterten, da sich ihr
Magen mit Furcht füllte
Es gab nur die Dunkelheit, die sie umhüllte
Das Rudel atmete entschlossen ein
Die Überlebenschancen waren klein
Es wurde für alle Zeit
Sie fühlten sich bereit
Alle rannten zur Gestalt
Es gab keinen Halt
Tränen erstrahlten
Die alte Wunden bemalten

Das Wiedersehen

Seitdem die Seuche ihr Herz traf
Wandelte sie im ewigen Schlaf
Sie durchstreifte die gesamte Zeitgeschichte
Vom Beginn vom ersten Lichte
Bis zu ihrem Tod
Sie erkannte seine Not
So sah sie alles, was geschah
Und ihrer Mama war sie noch nie so nah
Denn sie erfuhr vom Leben ihrer Mutter
Niemals bettelte sie um Futter
Trotzdem gab sie das alte Leben auf
Und nahm das mühsame Leben in Kauf
Die Mutter entschied sich bewusst dafür
Schliesslich gab es nicht alles hinter der ver-
schlossenen Tür
Ein Gefühl, das sie nicht kannte
Und nur er ihr jemals zuwandte

Plötzlich verspürte Gretchen eine kraftvolle
Energie
Die Kraft überfiel sie
Gretchen verspürte ein gemischtes Gefühl
Zum einen war es warm und zum anderen
auch kühl
In der Ferne sah sie eine Gestalt
Der Wanderer war jung, schwach und kalt
Gretchen erkannte ihn wieder
Er sang mit ihrem Mann hübsche Wolfslie-
der

Der Wanderer war klein und fein
Es war das weisse Hündelein
Er kam auf das Mädchen zugelaufen
Und Gretchen hörte dieses Mal sein Schnau-
fen
Das weisse kleine Tierchen entschuldigte
sich
Das war nicht seine Absicht
Gretchen betrachtete den Hund
Sie erkannte allerdings nicht seinen Grund
Liebend gerne hätte Gretchen gewusst wa-
rum
Doch der Hund blieb stumm
Ihn bedrückte etwas
Die Frage lautete nur was
Daher berührte sie ihn und da geschah es
Die Wolken waren etwas ganz Besonderes
Denn sie färbten sich blau
Hinunter stieg ein Pfau
Und Gretchen stieg empor
Ein Elfengesang hörte sie in ihrem Ohr
Gretchen nahm den Pfau ins Visier
Der Hund folgte ihr
Der Pfau betrachtete ebenfalls Gretchen
Er hatte die gleichen Augen wie das Mäd-
chen

Oben angekommen, war sie gehüllt in ein
farbiges Wolkenmeer
Das Gefühl des Lebens erstrahlte immer
mehr
Und da erschien der Hund

Sie drückte ihn und in dem Moment wusste
sie den Grund
Denn sie erlebte seine Bilder
Und alles wurde noch wilder
Schliesslich wurde der Hund unangreifbar
Er verblasste, bis er komplett verschwunden
war
Die Wolken verfärbten sich weiter und da
wurde sie zu Boden gedrückt
Sofort schloss sie ihre Augen
Was gerade geschah, konnte sie nicht glau-
ben
Gretchen fühlte einen regelmässigen, po-
chenden Herzschlag
Wie auch an jenem Tag
Und die Schläge wurden härter
Als kreuzten sich zwei Schwerter
Gretchen spürte ihre neue Macht
Aus dem ewigen Schlafe war sie erwacht

  Gretchen löste ihre Augenlider
Und bemerkte sofort ihre Glieder
Sie atmete frische Luft
Es war ein absolut herrlichster Duft
Augenblicklich entdeckte Gretchen den
Hund auf ihrer Brust
Es war ein grosser Verlust
Das Hündchen hatte sie zum Leben gebracht
Und dafür ihren Platz eingenommen in der
Nacht

Gretchen dachte an seine Bilder
Es waren Warnschilder
Sie erfuhr nicht alles im Schlaf
Da sie mitten in der Geschichte den Hund
traf
Das Mädchen entdeckte nur einen kleinen
Teil der Vergangenheit
Und erhielt nicht die Allwissenheit

Ihre Gedanken gingen zur Gestalt
Momentan war sie eiskalt
Das Monster zog wegen ihrer Familie durch
die Gegend
Und die Gründe waren bewegend
Die dunkle Seite seines Herzens wurde im-
mer stärker
Somit wurde der Kampf immer härter
Die Negativität und Brutalität stiegen auf
Und er wartete nur darauf
Um die Menschen zu vernichten
Und über ihre Taten zu richten
Schon bald würde die Welt brennen
Gretchen musste diese Verbindung durch-
trennen

Gretchen legte den Hund in die Hand
Für immer lag um sie ein ewiges Band
Es war zwar nur ein kurzer Moment
In ihren Gedanken blieb der Hund präsent

Das Mädchen stand auf, streichelte ihn und küsste sein Fell
Durch die Sonnenstrahlen wurde sein Pelz hell
Ihre Emotionen und ihr Herz waren am Toben
Kleine, traurige Tränen fielen zu Boden
Gretchen hoffte, sein Opfer war die Sache wert
Denn er hatte sich für die gesamte Welt geopfert

Gretchen empfand Sympathie
Und fragte sich, warum sie?
Warum diese grosse Last?
Es schien wie das Leben im Palast
Als würde man von ihr Ungeheuerliches verlangen
Und so hatte das gesamte Chaos angefangen

Ein kleines Lichtlein zeigte in ihren Gedanken ihre Taten
Ein Geheimnis wurde ihr verraten
Es hatte seit einer Ewigkeit gestartet
Und sie alle hatten nur auf Gretchen gewartet
Gretchen teilte ihr Brot
In der bedrohlichsten Hungersnot
Sie hütete Waisen
Die jetzt glücklich umherreisten
Sie verschenkte all ihr Eigentum
Denn sie strebte nicht nach Ruhm

Gretchen half einem Hund und war bereit
Sie zerstörte für ihn ihr wunderschönes
Kleid
Einen Tiger pflegte sie
So bekam er neue Energie
Zusätzlich rettete Gretchen ihr Dorf vor ih-
rem Mann
Der anschliessend zu ihr kam
Die Reinheit offenbarte sich ihr
Ihr Herz war so rein wie ein Stück Papier

   Gretchen streichelte mit nassen Augen wei-
ter den Hund
Er war der Grund
Sein Leben bestand aus vielen kleinen
Scherben
Und er soll für seine Tat ebenbürtig begra-
ben werden
Gretchen wusste den idealen Platz
Für den kleinen, süssen, weissen Fratz

   Sie nahm den Hund in das Dorf mit
Und sorgte dafür, dass er kein Leid mehr er-
litt
Nur sie und keine fremde Person würde ihn
je berühren
Oder sein weiches Fell in den Händen spü-
ren
Dafür sorgte sie mit ihrem Leben
Dies würde sie dem toten Hund geben

Mit dem ersten Schritt ins Dorf wusste sie
schon
Hier herrschte eine schwierige Situation
Es war nicht wegen der alten Bräuche
Sondern wegen der Seuche
Alles hier wirkte finster und grau
Oft hatte das Dorf schlechtes erlebt, doch
der Himmel leuchtete blau
Einen merkwürdigen, giftigen Geruch roch
ihre Nase
Keine einzelne Person schlenderte auf der
Strasse
Nichts hörte sie in den Ohren
Das Dorf wirkte verlassen und verloren

In der Mitte des Dorfes stand ein Brunnen
Aus ihm war mal Wasser entsprungen
Genau dort, unter einer Steinplatte, wollte
Gretchen ihn begraben
Da die Bewohner den Brunnen für ihre Fa-
milie errichtet haben
Auf dem Brunnen stand ein Wolf, ihr Sym-
bol
Vielleicht fühlte sich der Hund bei seinen
Ahnen wohl
Doch dies musste seine Familie entscheiden
Solange würde der Hund bei ihr bleiben

Im Anschluss trottete sie zu ihrem alten
Haus
Denn ihre Liebe zu ihrem Mann war nicht
aus

Gretchen hoffte, er ist da
Damit sie ihn nach so langer Zeit wiedersah
Es gab noch vieles zwischen ihnen zu be-
sprechen
Seine verlorene, vergessene Eiszeit wollte
sie brechen
Wegen der Liebe zu ihm gab es noch mehr
Seine Anwesenheit wünschte sie sich so sehr
Gretchen hatte die Zuversicht im Gespür
Und klopfte an die Tür
Die Pforte wurde aufgemacht
Der Blick in seine Augen hatte die Liebe
neu entfacht

  Ihr Mann nahm sie in den Arm
Er behielt nach wie vor seinen Charme
Gretchens Herz bebte
Unglaublich froh, dass er lebte
Bei ihm in der Nähe fühlte sie sich ganz
Und sie strahlte voller Glanz
Endlich spürte sie seine Körperwärme
Verflogen war der Traum an die Sterne
Für einen Moment waren sie zu zweit
Sie fühlten sich von allem Schmerz befreit
Gretchen schaute ihrem Mann in die Augen
Und sagte: «Das wird dir vielleicht deine
Sinne rauben
Schau dir diesen kleinen Fratz an
Erinnerst du dich daran?
Er hatte mich geheilt
Und mir gleichzeitig auch eine Botschaft
mitgeteilt

Durch den Wald streift ein Wesen
Und diese Gestalt sollen wir genesen
Für seine Rettung brauche ich dich
Wenn du mitkommst, machst du mich
glücklich»

  Ihr Mann nickte
Sein Blick erinnerte Gretchen an ihre Kon-
flikte
Betrübt sprach er: «Ja, ich weiss, wer er ist
Ich dachte nicht, dass mein Herz ihn vergisst
Er war mein Freund
Und ohne ihn habe ich mein Leben versäumt
Auf alle Fälle komme ich mit dir
Los, gehen wir
Und ich habe eine Bitte
Der Hund stand in meiner Mitte
Darf ich ihn tragen?
Ich will ihm etwas von meiner Zeit im Wald
erzählen und ihm Entschuldigung sagen»

  Gretchen überreichte den Hund ihrem
Mann
Der dadurch in eine Trance kam
So spazierten sie stumm in den Wald
Und suchten nach der Gestalt
Ihr Mann war lange abwesend und das Ver-
halten war auch vertretbar
Denn sie hatte keine Ahnung, wo das Wesen
war
So irrten sie im Wald umher

Gretchen wünschte sich die Anwesenheit der
Gestalt sehr
Schliesslich wollte sie ihm helfen
Es war gefangen zwischen zwei Welten
Das Wesen hinterliess nur kleine Spuren
Sodass sie von ihm kaum etwas erfuhren
Es war wie ein Geist, unauffindbar
Für das Ehepaar

  Plötzlich fanden sie eine kleine Siedlung
Sie brauchten unbedingt Verpflegung
Denn sie reisten schon lange
Schön wäre jetzt ein Tee aus einer Kanne
So eilten sie beide dorthin
Gretchen schlotterte das Kinn

  Im Freien zu bleiben, wäre kein guter Auf-
enthalt
Draussen war es kalt
Zudem liefen die letzten Abendstunden
Die Sonne war schon lange hinter dem Hori-
zont verschwunden
Sie mussten irgendwo übernachten
Weswegen sie diese Hütten betrachteten

  Sie schlichen ins Dorf
Sie fanden weder Torf noch Schorf
Gretchens Beine wackelten
Es gab hier eine kleine Feuerstelle und meh-
rere hängende Laternen, die fackelten

Allerdings spendeten diese nicht genügend
Wärme
Trotzdem legten sie sich unter die Sterne

Durch das Licht sahen sie zwei Augen ei-
ner Gestalt
Dessen Knurren laut durch den Wald hallte
Gretchen und ihr Mann machten sich für den
Kampf bereit
Es war eine problematische Angelegenheit
Das finstere Wesen kam auf sie zu
Als es sichtbar wurde, fragten sie sich wozu

Denn sie starrten auf einen grossen Hund
Er wirkte quicklebendig und gesund
Der Vierbeiner betrachtete ihre Augen
Ihr Mann konnte sein Glück nicht glauben
Er erkannte ihn
Von diesem Dorf wollte er einst fliehn
Das Tier stupste und leckte ihren Mann
Er war gefangen im Hundebann
Da kamen noch mehr
Das gesamte Hunderudel kam her
Alle Hunde begrüssten sie
Jetzt hatten die beiden eine wärmende Ener-
gie

Und da erschien auch die Mutter
Sie brachte Gretchen und ihrem Ehemann
Futter
Dort zeigte er ihr ihren toten Sohn
Sie jaulte, es war ein trauriger Ton

Die Hündin stand auf seinen Schultern und
drückte ihn hinab
Danach leckte sie ihn ab
So übermittelte die Hündin ihren Dank
Der weisse Hund war sehr schlank
Ihr Herz bebte
Sie hoffte, dass er schöne Abenteuer erlebte
Vorsichtig nahm sie ihren Sohn in den Mund
Denn er stand im Vordergrund
Die Mutter wurde intim
Denn es handelte sich alles nur um ihn
Sie legte sich zwischen Gretchen und ihren
Mann ab
Und leckte ihr totes Kind ab
Die Hündin versank in tiefer Trauer
In dem Moment war Gretchen zum ersten
Mal auf sich selbst sauer
Denn ihr war bewusst
Das war ein harter Verlust

  Gretchen streichelte sie und sagte ihr:
«Dir geht es genauso wie mir
Auch ich trauere um ihn
Denn er hatte uns beiden ein neues Leben
verliehn
Umso mehr bedauere ich es
Dein Sohn war jemand ganz Besonderes
Ich kenne einen Brunnen für ein schönes
Grab
Das man meiner Familie einst gab
Es hat eine Bedeutung, die die Zukunft ver-
spricht

Am Ende scheint das Licht
Denn dort ist das Abbild seines Vaters drauf
Und somit das Symbol, sein Lebenslauf
Er war halb Wolf, halb Hund
Ich erkannte den wahren Hintergrund
Irgendwann erzähle ich es dir
Aber vorweg, man hatte ihn schon lange im
Visier
Ihr könnt auch im Dorf in eine Wohnung
einziehen
Oder das Grab jeden Tag ansehen»

Die Hündin schüttelte den Kopf
Sie hatte schon ein Grab für ihren Knopf
Und das befand sich im Blumenbeet
Das ihr viel bedeutete
Es hatte viele Rosen, doch nur eine Lilie
Das war für sie das Zeichen der Familie
Dort begrub sie ihren Sohn
Er hatte eine bedeutende Vision
Die es zu erfüllen gab
Damit er glücklich war im Grab

Hinter dem Garten stand ein leerstehendes
Haus
Vor der Tür lag ein grosser Blumenstrauss
Die Hündin sagte: «Geht hinein
Hier lebte einst mein zweites Herrchen ganz
allein
Schlaft hier
Ich möchte nicht, dass jemand in der Kälte
erfriert

Aber macht bitte nichts kaputt
Er hatte in seinem Leben sehr viel Druck
Denn er musste sich einst zwischen zwei
Kindern entscheiden
Sein Leben war nicht zu beneiden»

Dem Mann bildeten sich Tränen in den Au-
gen
Er konnte das Gehörte nicht glauben
«Das war mein Vater
Mein ehemaliger, bester Berater»
Für ihn war er einer der grössten
Gretchen wollte ihn trösten
Und drückte ihn an ihren Körper ran
Diese Fürsorge war für Gretchen ganz hu-
man
Die Hündin sagte betrübt: «Das tut mir leid
Jetzt sind wir schon zu zweit
Wenn ihr euch besser fühlt, geht ins Bett
und schlaft ein wenig
In Gedanken lebt er ewig
Mein altes Herrchen erzählte dies einst in ei-
nem Gedicht
Und er hielt diese Nachricht als Pflicht»

Mit diesen Worten verliess sie das Gebäude
Man betrachtete keine Freude

Nach dem Trösten legten sie sich hin
Im Schlaf erwachte Gretchens siebter Sinn
Mitten im Wald hörte sie ein Klavier

Und ein Mann rief nach ihr:
«Gretchen, Gretchen
Komm zu mir mein Mädchen
Du hast wahrscheinlich viele Fragen
Doch ich habe dir etwas zu sagen
Folge deinem Herzen zu den Ruinen
Dein Gefühl führt dich wie auf Schienen
Dort wirst du mich treffen
Und meine Worte wirst du nicht vergessen
Es hängt vieles von dir ab
Die Zeit ist knapp!
Folge deinem Herzen, es führt dich zu mir
Ich vertraue dir»

Am nächsten Morgen erwachte sie
Der Traum schien keine Fantasie
Die Stimme wollte ihr etwas mitteilen
Daher musste sie sich beeilen
Sie erblickte ihren Mann
Der zu reden begann:
«Letzte Nacht hatte ich einen Traum
Wir haben nicht mehr viel Zeitraum
Er war es gewesen
Ich sah in meinem Traum das Wesen
Jetzt ist es bereit, die Welt zu vernichten
Ich dachte, ich sollte dir davon berichten
Daher müssen wir das Wesen aufhalten
Und es irgendwie ausschalten!»

«Auch ich hatte einen Traum
Alles wirke wie weisser Schaum
Ich konnte jemanden sprechen hören

Doch ich weiss nicht, wie sollen wir das
Wesen zerstören
Ich habe einige Fragen
Und er kann mir die Antworten sagen
Wir müssen uns aufteilen
Denn wie du sagtest, wir müssen uns beei-
len»

Ihr Mann war mit dieser Idee einverstanden
Denn es waren auch seine Gedanken
Und sie sprach:
«Wenn ich weiss wie, komme ich nach»
«Du musst auf den Berg steigen
Dort wird sich uns das Wesen zeigen»

Mit diesen Worten teilten sie sich auf
Gretchen ging in den Wald und ihr Mann
auf den Berg hinauf

Wie die Stimme sagte, folgte sie ihrem
Herzen
Es leuchtete ihr den Weg wie Kerzen
Und sie hatte ihre Augen geschlossen
Jeder ihrer Schritte war entschlossen
Daher eilte sie mit Vorsicht
Gretchen folgte ihrem Licht
Mit geschlossenen Augen nahm sie den
Wald ganz anders wahr
Der Wind blies durch die Blätter und ihr
Haar
Sie hörte den Donner und den Regen vom
Wetter

Jedes sanfte und tobende Rascheln der Blät-
ter
Sowie alle kleinen Ästchen, auf die sie trat
Jegliche Sorgen waren unangebracht
Sie spürte und hörte die Erde rütteln und be-
ben
Und dann kam der Regen
Die Tropfen fielen auf ihren Körper
Die Laune der Natur war ein Mörder
Sie hörte den wütenden Donner
Doch dies machte sie nur noch frommer
Trotz der Gefahren des Wetters zog Gret-
chen blind weiter
Ihr Herz war ihr Leiter

   Plötzlich fühlte sie Steine unter ihren Füs-
sen
Sie machte die Augen auf und sah Eichhörn-
chen, die sie grüssten
Gretchen hatte den Klang ihres Herzens ver-
nommen
Endlich war sie bei den Ruinen angekom-
men
Aufrecht standen nur noch sehr wenige alte
Mauern
Das Schicksal des Dorfes war zu bedauern
Überall sah sie grünes Moos
Sie dachte sich, das müsse es sein, zweifel-
los

Das Wasser tropfte weiter auf ihr Gesicht
Jemand leitete ihre Sicht
Eine Person stand unter einer Wurzel, ein
grosser Baum
Gretchen erkannte ihn kaum
Er musste es gewesen sein, der sie rief
Während Gretchen schlief
Je näher sie kam, umso mehr musste sie
schmunzeln
Dann trat sie zu ihm unter die Wurzeln

Der Mann lächelte Gretchen an
Er war dabei, als das Chaos begann
Der Mann nahm Gretchen in den Arm
Über den Wald zog ein Vogelschwarm
Eines ihrer Augen tränte
Als der Mann ihren Namen erwähnte

Der Mann sprach: «Ich weiss nicht, ob du
es weisst
Aber ich bin der, der für die Kinder Vater
heisst
Meine Tochter, du bist so gross
Deine Entwicklung war ohne mich ganz fa-
mos
Du hast das wunderschöne Aussehen deiner
Mutter
Doch leider, wie du siehst, liegt hier alles in
Schutter
Der Auslöser dafür war dein Grossvater
Er ist der Verursacher von diesem magi-
schen Krater

Aber ich muss dir eine Geschichte erzählen
Ob sie falsch oder richtig ist, musst du selbst
wählen
Jedoch weisst du danach, was du zu tun hast
Also sei auf das Ende der Geschichte gefasst

Ganz tief im Inneren des Körpers verbor-
gen
Dort liegen in der hintersten Ecke die Sor-
gen
Das Bildnis ist mehr wie ein toter Baum
Der einst eingepflanzt wurde in einem leeren
Raum
Die Tür hinein ist schon vor einer Ewigkeit
verschlossen
Selbst die allerbesten und schlausten Genos-
sen
Kriegten die Türe nicht auf
Auf die Lösung kam noch niemand drauf

Sie ist nicht mit Technik und Instrumenten
zu öffnen
Sogar Säure versuchte man drauf zu tröpfeln
Doch alles schlug fehl
Es liegt nur weisses Pulver auf der Erde wie
Mehl

Dabei war der Baum einst in schöner Erde
eingepflanzt
Die Leute haben um ihn gesungen, gelacht
und getanzt

Alles im Raum war gehüllt in Harmonie
So gab es keine Hegemonie

Doch die Zeit veränderte sich
Das wusste jeder einzelne sicherlich

Auf den Baum wurde nicht mehr geachtet
Von keiner einzelnen Person wurde er noch
betrachtet
Sie vergassen den Baum zu giessen
Auf diese Weise konnte das frische Wasser
nicht mehr durch den Baum fliessen
Die Erde bekam keine Nahrung mehr
Deren Nährstoffe brauchte der Baum so sehr
Er vermisste die Leute
Da er sich über jede Gesellschaft freute
Der Baum fühlte sich verletzt
Und von den Leuten versetzt
So wurde die Erde unter dem Baum schwarz
Aus seiner Rinde lief langsam sein lebendes
Harz
Es floss immer weiter aus ihm heraus
Doch die Genossen machten sich nichts
draus
So bekam der Baum seine schwarze, leblose
Farbe
Und dadurch auch seine einzige grosse
Narbe

Die Menschen hingegen sahen neue Sachen
Diese Dinge waren ausserhalb des Waldes
und das brachte die Leute zum Lachen

Sie freuten sich für den Fortschritt
Wie du jetzt siehst, war es in Wirklichkeit
ein Rückschritt
Jeder wollte einen Teil der Macht
Das war die neue einzige Pracht
Wegen der Herrschaft verschloss der Baum
die Tür
Und der Herrscher dankte ihm dafür
So konnte niemand mehr in den Raum zu-
rück
Fast jeder vergass das ursprüngliche Glück
Die Macht war eine List
Sodass man den Baum vergisst

Jetzt weiss ich, dass unsere Väter falsch ge-
handelt haben
Allerdings erfuhren sie nicht unsere jetzigen
Klagen
Sie folgten dem Schmuck und jeder besass
ein Diadem
Was haben wir von dem?

Er zieht magisch die verlorenen Geschöpfe
an
Und schliesst jedes unsichere Wesen in sei-
nen Bann
Sowie den tobenden Jungen
Seine Rettung wird dir ohne den Baum des
Lebens nicht gelingen
Kaum hörte man von den Knochen, wurde
der Wald verzaubert
Es hat nur eine Sekunde gedauert

Nur reine Geschöpfe sollten hinein und hin-
aus
Doch jetzt brach das Wesen aus
Das Schicksal der Welt hat begonnen
Das Wesen hat die Magie durchbrochen
Jetzt sage ich dir
Und ich hoffe, du vertraust mir
Geh zu dem Raum
Und rette den leidenden Baum»

«Was soll ich vor der Tür tun
Er ist doch gegen alles immun?»

«Es gibt immer einen Weg
Denn einen kleinen Weg über den See nennt
man Steg
Ich weiss mein Kind, du wirst es schaffen
Und dies mit deinen effizientesten Waffen
Deine Mutter und ich werden immer bei dir
sein
Du warst und bist in dieser Welt nie allein»

Der Mann wendete sich und wollte gehen
Doch Gretchen wollte ihn verstehen
Sie schrie: «Woher weisst du das alles?
Es klingt so, als wäre diese Erzählung etwas
ganz Normales
Dieses Geschehnis hätte man bestimmt ge-
hört
Und dass ein Baum die Menschen zerstört?
Die Geschichte muss wahr sein

Die Chancen, dass ausgerechnet du hier bist,
waren sehr klein
Und du mir von dem erzählst
Es klingt so, als ob du dich selbst quälst»
«Ja, mein Kind, das tue ich
Und dies alles nur für deine Mutter und dich
Kind, gehe weiter
Vielleicht bist du dann gescheiter
Meine liebe Tochter, ich bin gefallen
Doch bitte, tu mir den Gefallen
Sei glücklich
Für dich ist alles möglich»

  Mit diesen Worten verschwand der Mann
im Wald
Und er änderte seine Gestalt
Er wirkte gut und war trotzdem böse
Denn er gewann deutlich an Grösse
Zudem rannte er so schnell wie der Wind
Und Gretchen war sein Kind

  Gretchen wusste nicht wo suchen
Sie stand unter vielen Buchen
Und sie fühlte sich verloren und allein
Doch genau dies sollte sie nicht sein
Hilflos und ausgesetzt
Im Innern ihres Herzens war sie verletzt
Gretchen legte sich an der Wurzel der Buche
hin
Sie steckte im Bann des Baumes drin
Er zog sie zurück auf die Füsse
Der Regen füllte nun schon ganze Flüsse

Sie hörte eine Stimme: «Komm, komm zu
mir
Ich helfe dir»
Sie spürte einen magischen Schleier, der sie
anzog
Es war die Macht des Baumes, die zu ihr
flog
Dieser Kraft folgte Gretchen im strömenden
Regen
Und es fühlte sich so an, als würde der
Baum sie pflegen

   Gretchen steckte in ihren Gedanken
Die immer mehr an ihrem Optimismus tran-
ken
Da erschien sie
Die dunkle, kräftezerrende Energie
Sie erkannte, die drückende Emotion war
Frust
Gretchen hätte gerne die ganze Geschichte
ihres Vaters gewusst
Warum er nicht bei ihr geblieben ist?
Was sollte der ganze Mist?
Kaum hatte Gretchen an ihren Vater ge-
dacht, tauchte seine Stimme auf:
«Los, befrei dich und lauf
Du siehst in deinen Gedanken alles ver-
schwommen
Als wäre dir dein ganzes Leben genommen
Das ist sein magischer Bann
Jetzt bist du dran
Befrei dich von den negativen Gedanken

Da sie deine guten Taten ertranken
In dir fliesst gutes, reines königliches Blut
Es ist eine innere Glut
Du bist nicht allein
Ich werde bei dir sein»

   Gretchen spürte in den Gedanken das Sau-
gen
Und sie öffnete die Augen
Sie sah ihren Vater in der monströsen Ge-
stalt
Und Gretchen kämpfte nun gegen die innere
Gewalt
Gretchen dachte an ihre guten Taten
Somit spielte sich Gretchen in die eigenen
Karten
Sie war immer hilfsbereit
Und gewann den Kampf gegen die Krank-
heit
Dadurch bekam sie Sicherheit
Denn das Mädchen besass die Kraft der
Reinheit
Anschliessend dachte Gretchen an den Hund
Das war der entscheidende Fund
Er entfachte ein Feuer der Macht
Verflogen waren die finsteren Gedanken der
Nacht
Gretchen sah mit ihren Augen klar
Dieses Gefühl war einfach wunderbar
Es gab nichts mehr, das sie vermisste
Der Zauberer des Baumes leitete Gretchen
zur verschlossenen Kiste

Es war ein verlassener Ort
Gretchen fehlte jedes Wort
Der Raum, eine einzige Ruine
Dennoch wurde man angezogen, wie bei der
Blume die Biene
Inmitten des Waldes umgeben von Bäumen
Versunken war Gretchen in den Träumen
Gleissendes Sonnenlicht
Schien auf den Ort und auf ihr Gesicht
Gretchen war dem Waldstück erlegen
Der Ort würde sich nicht so schnell regen
Man hätte eine wundervolle Aussicht
Doch die dunklen Wolken versperrten die
Sicht
Um ihr herrschte eine Aura aus Trauer und
Hass
Weswegen Gretchen den Traum vergass

Gretchen trat zu den Mauern
Man konnte den Ort nur bedauern
Sie erhob die Hand
Und legte sie auf den Rand
So bekam Gretchen ein Gespür
Und suchte nach der verschlossenen Tür

Da stand sie vor ihr
Die Mauer diente nicht als Zier
Türe und Wände waren kühl
Gretchen erkannte das leere Gefühl
Auf dem Boden sah man die Gewalt vom
Pulver
Eine grosse Last lag auf Gretchens Schulter

Daher sprach sie einfühlsam zum Baum:
«Lieber Baum, ich habe einen Traum
Ich wünsche mir eine Welt, die wunderbar
ist
Und dass dies kein Mensch jemals vergisst
Du gehörst zu dieser Welt
Das Gute ist nur in dir dargestellt
Ich bin kein Egoist
Ich möchte nur, dass du glücklich bist»

«Ich bin derweil
Immer noch von der Welt ein Teil
Das werde ich auch immer sein
Deine Worte klingen rein
Allerdings ist dein Wunsch nur blosse Uto-
pie
Die eingerahmt wurde in einer Galerie»

«Lass mich bitte herein und lass uns reden
Ich möchte dir zusätzlich noch etwas geben
Der Beweis für die Machbarkeit meiner Uto-
pie
Mein Gedanke ist die Energie
Ich spüre dein Leid
Das seid ihr nicht, der ihr aktuell seid»

«Warum willst du das
Stört dich was?»

«Ich habe vor kurzem eine Geschichte ge-
hört
Mein Grossvater hatte anscheinend dein Le-
ben zerstört
Ich fühle mich den Geschehnissen und dei-
nem Leid schuldig
Und du wartest hier schon lange geduldig
Daher möchte ich die Fehler, die er began-
gen hatte, wiedergutmachen
Sodass du weiterleben kannst und von dort
an erneut lachen
Der Gedanke daran macht mich schaurig
Ich sehe auch durch die Wand, du bist trau-
rig
Ich möchte dir helfen
Wie einst vor langer Zeit die Elfen»

Unvorstellbares war geschehen
Die vorherigen Leute wollten ihn nicht ver-
stehen
Der Baum öffnete die Tür
Gretchen dankte ihm dafür
Sie trat ein
Und betrachtete den schwarzen Baum im ei-
genen Augenschein

Seine Wurzeln waren mächtig
Die Dicke des Stammes, einfach prächtig
Er hielt an den Ästen kein einziges Blatt
Die schwarze Erde vor ihr war platt
Der Baum war sehr gross
Und seine Form schlichtweg grandios

Gretchen entdeckte eine tiefe Wunde an der Rinde
Diese kam nicht bloss vom Winde

Gretchen sah den Schnitt, zerriss ihr Kleid und verband die Wunde
Die Handlung war Gretchens erste Kunde

«Oh, meine Wut beginnt
Du bist also sein Enkelkind?
Also weisst du, was sie getan hatten?
Keiner von den Leuten wollte mir noch einen Besuch abstatten
Sie folgten ihrer Lust
Und jeder einzelne hatte es im Inneren gewusst
Er war mein Elend
Jetzt bist du, seine Enkelin, in meiner Gegend?»

«Ja und ich entschuldige mich
Es war sicherlich eine harte und unangenehme Zeit für dich
Keiner stand da
Niemand, der dein Leid sah
Keiner, der dich pflegte
Keiner, der für dich einen Finger bewegte
Du musstest Schmerzen erleiden
Und musstest ganz alleine hier verweilen
Baum des Lebens, ich verstehe dich
Die Leute liessen dich im Stich
Alles in der Natur

Verlor für die Menschen an Kultur
Schliesslich willst du doch auch beachtet
werden
Ich habe Angst, allein zu sterben
Doch deine Zeit hat erst begonnen
Du hast deine Leute lieb gewonnen
Ich sah das großartige Nachtleben
Du musstest deinen eigenen Traum für sie
aufgegeben
Dir wird bewusst, diese Zeit wird nie wieder
kommen
Diese Worte hast du vor einer Ewigkeit von
ihm vernommen
Du fühltest dich verloren
Und bist gleichzeitig neu geboren
Doch alles, was einmal war
Ist leider auch wahr
Du musst deinen Blick nach vorne richten
Dort wirst du neue Freunde lichten»

«Ja, ich habe absolut alles verloren
Doch warum bin ich neu geboren?
Sieh mich doch an
Was ist an dieser leblosen Rinde dran?»

«In absolut jeder Jahreszeit
Hast du eine besondere Fähigkeit
Die Mauer und die Tür sind dein Schutz
Sie beschützt dich vor jeglichem Schmutz
Du hast die Leute magisch angezogen
Und dadurch sind ihre Sorgen verflogen
Die Leute sind zu dir gekommen

Du hast ihnen die Menschlichkeit genom-
men
Leider hast du deine gute Seite verloren
Durch mich wird diese Seite neu geboren»

  Gretchen schlich über den dreckigen
Schlamm
Vorsichtig berührte sie mit der Hand den
Stamm
Sie senkte ihren Kopf
Hinunter fiel ein Wassertropf
Die Träne landete auf dem Boden
Ihre Hand brachte den Baum zum Toben
Der Tropfen gab dem mächtigen Toten Nah-
rung
Über ihre Gedanken spendete sie ihm ihre
Erfahrung
Er nahm die Träne an
Die ins Erdinnere drang
Die Seele des Baumes zog in Gretchens Ge-
danken ein
Ihre Utopie könnte wahr sein
All ihre guten, barmherzigen Taten
Haben Gretchens Gedanken verraten
Der Baum erfuhr, er konnte Gretchen trauen
Und auf ihre Unterstützung bauen
Gretchen wurde durch den Baum immer
blasser
Die Träne bestand nicht nur aus Wasser
Es war eine andere Frequenz
Und somit war sie seine Essenz

«Ich werde dich täglich mit Wasser tränken
So werde ich dir meine Freundschaft schen-
ken»

Für den Baum gab es keinen zu grossen
Aufwand
Die Tür hinter Gretchen verschwand
Es wirkte wie ein Rhythmus
Denn Wasser floss durch seinen Zyklus

Der Baum sagte ihr: «Danke
Ich lasse sie fallen, die Schranke
Jegliche Verbindungen zu den verzweifelten
Wesen
Sind oder waren ab jetzt für immer einmal
gewesen
Ich muss dir wirklich für die neue Kraft dan-
ken
Doch ich sah einen Jungen in deinen Gedan-
ken
Zwar öffnete ich ihm seine Ketten
Allerdings kann ich ihn nicht vor sich selbst
retten
Sein Herz wird niemals ruhn
Ich kann dagegen nichts tun
Er kann besiegt werden
Sein Herz ist zersprungen in tausend Scher-
ben
Seit seine Verwandlung begann
Trieb ihn schon immer eine andere Stimme
an»

«Was für eine Handlung?
Was für eine Verwandlung?»

«Wenige Menschen kamen in dieser Zeit
zu mir
Wie der Junge, dein Vater oder du hier
Alle hatten etwas gemeinsam
Alle fühlten sich in der Welt verloren und
einsam
Ihnen ging es nicht gut
Eiskalt floss ihr Blut
Ich gab ihnen die Kraft, um aufzustehen
So konnten sie weiter ihren Weg gehen
Allerdings in einer anderen Form
Tier bis Monster von Gefühlen der Liebe bis
Zorn
Ihre Form bestimmte die Seele
Sie überreichte mir die Befehle
Eine Botschaft hatte ich an sie
In jedem Wesen schlägt eine individuelle
Melodie
Allerdings habe ich die Worte ausgespro-
chen
Ihre Siegel sind nun gebrochen
Alle werden sich jetzt zeigen
Und müssen dennoch im Wald bleiben
Jetzt bin ich nach langer Zeit aufgewacht
Ich durchbreche diese Macht!
Geh jetzt und suche nach der Gestalt
Schütze ihn vor der Gewalt
Ich werde mich wieder dem Wohl der Men-
schen verschreiben

Und ihnen die bösen Erinnerungen vertrei-
ben
Wie ich es einst vor einer halben Ewigkeit
tat
Ja, das ist mein Pfad»

Gretchen stürmte aus dem Raum raus
Blitze und Donner schlugen aus
Ein heftiges Unwetter kam in dieser Zeit
Das Gewitter war gedacht für die Ewigkeit
Kein Mensch konnte dies wissen
Ganze Bäume wurden durch den Wind aus-
gerissen
Die gesamte Umgebung wurde erhellt von
Blitzen
Welche in die Bäume einschlugen ganz oben
in die Spitzen
Gesamte Kronen brannten deswegen nieder
Im Verlaufe der Dauer immer wieder
Der Regenguss liess sich nicht aufhalten
Er sollte als der stärkste Regen galten
Jegliche Tropfen waren laut
Sie verursachten höllische Schmerzen beim
Auftreffen auf die Haut
Der Wind blies
Gretchen hörte den Namen, den er rief
Doch Gretchen liess sich nicht von ihrem
Ziel abwenden
Die Welt konnte an jenem Tag schon bald
enden
Es war schrecklich, das Wetter mitanzuse-
hen

Niemand konnte je seine Laune verstehen
Jeder beobachtete, spürte und hörte das
Chaos
Rein jeder war ratlos

  Der Weg war nur der Anfang
Zwischen den Bäumen musste sie entlang
Für Gretchen existierte nur eine Richtung
Zum Ort der Vernichtung
Und dieser Platz war auf dem Berg
Der Erden wichtigstes Werk

  An der Bergwand begann für sie der Auf-
stieg
Gretchen glaubte an ihren Sieg
Die Steine waren nass und glatt
Sie wirkten rutschig, glänzend und matt
Das Wetter war der Todesbringer
Ihr schmerzten die kleinen, kühlen Finger

  Plötzlich begann die Erde zu rütteln
Ihre Angst konnte Gretchen nicht abschüt-
teln
Sie spürte eine ungeheure Energie
Diese entsprach einer ganz anderen Katego-
rie

  Mitten im Wald erhob sich eine grüne
Lichtquelle
So gleissend schön und sie durchbrach die
Zelle

Die Wolken bildeten rund herum einen Stru-
del
Das Übel
Blitze leuchteten auf in tausend Farben
Sie wirkten darin wie kleine weisse Narben
Gretchen betrachtete den aufgewühlten
Himmel, es glich einem Wolken-Dschungel
Zum ersten Mal sah sie die unsichtbare Kup-
pel
Durch die Blitze und das Licht war sie sicht-
bar
Das Gewölbe wirkte mit den blauen Rissen
wunderbar
Auf einmal tobte die Erde
Der gesamte Wall zersprang wie eine
Scherbe
Ihr Schnittpunkt war die Quelle
Von dort kam eine heftige Luftwelle

Der Aufstieg war kein Test
Gretchen hielt sich mit aller Kraft fest
Sie brachte kein Wort mehr heraus, ohne zu
stottern
Ihre Beine begangen zu schlottern
Denn der Windstoss war eiskalt und
peitschte wuchtig
In der gesamten Welt hörte man seine Akus-
tik

Auf jeder Höhe auf der Gretchen kurz ver-
schnaufte, rieselte es Schnee
Es wirkte wie ein weiter, weisser See

Mit dem Schnee folgte die Kälte
Der Aufstieg war ihre Entscheidung, die sie
wählte

Jeder Schritt und Tritt schmerzte nur noch
Gretchen befand sich in einem Motivations-
loch
Sie war nicht gerade sehr heiter
Trotzdem ging sie mit all ihren Qualen wei-
ter
Für Gretchen war das alles kein Spiel
Der Gipfel allein verkörperte das Ziel
Jegliches Gefühl der Sorgen wich
Der körperliche Schmerz sprach für sich
Gretchen blicke hoch, den Gipfel erreichte
sie schon bald
Diese Tatsache gab ihr Halt
Die Distanz entsprach nur noch ein paar Me-
ter
Einen Moment später
Hob sich Gretchen auf die Anhöhe
Es wehte eine kalte Windböe
Gretchen konnte durch den schnellen, fallen-
den Schnee nichts sehen
Doch hier oben war etwas Merkwürdiges
geschehen

Für immer vergessen

In einer kleinen Hütte wurde ein Mann geboren
Er wurde als ein Dieb auserkoren
Der niemals die Wahrheit sagte
Und jedes Mal zu lügen wagte
Begonnen hat's schon im jungen Alter
Da bestahl er einen Verwalter
Er schwor, dass er ihn nicht beklaute
Allerdings beobachteten scheinbare Passanten, wie er ihn beraubte
Für seine Tat wurde er bestraft
Das junge Kind wurde abgeführt und erhielt eine lange Haft

Von diesem Tage an wurde das Kind als Lügner bezeichnet
Und es blieb davon gezeichnet

Sein Vater stand strikt dagegen
Und wollte die Kritik von ihm fegen
Denn er glaubte seinem Sohn
Bei jedem einzelnen, ausgesprochenen Ton
Er erzählte seinem Kind jeden Tag die gleichen Geschichten
Denn er vertraute nicht den vielen Berichten

Als junger Erwachsener hörte er von einem
Ort
Dorthin zog es den kräftigen Mann sofort
An dieser Stelle sollte eine neue Besiedlung
errichtet werden
Geplant war der schönste und prächtigste
Ort auf Erden
Die Verantwortlichen stellten ihn ein
Gemeinsam mit anderen Leuten suchten sie
nach einem passenden Stein
Das alleine für einen Brunnen
Die Deko hatte sehr viel Zeit verschlungen
Sie mussten das Material vom See hinauftra-
gen
Sehr oft mussten sie sich gegenseitig um
Hilfe fragen
Die Brocken waren gross und schwer
Und sie brauchten von dieser Sorte immer
mehr
Anschliessend formte der angebliche Dieb
eine Skulptur
Auf diese Weise fand er seine Spur

Während seiner Arbeit kam die schönste
Frau zu ihm
Ihre netten Worte zu seinem Kunstwerk wa-
ren legitim
Sie wirkte sympathisch
Keineswegs arrogant oder problematisch
Jede Woche erschien sie und spazierte zum
Mann
Irgendwann geschah es dann

Mit seiner Arbeit wurde er endlich fertig
Sein Werk widerspiegelte die Prächtigkeit
des Dorfes, wie sie glänzte, einzigartig

Von diesem Zeitpunkt an ging alles bergab
Die Verbindung zur Frau brach ab
Zudem verschwanden die Leute
Und mit ihnen auch die gesamte Beute
Die Bewohner hatten nichts mehr
Und die Einwohner fragten sich, wo kam
diese Entwicklung her
Die Siedlung wurde arm
Dadurch verlor das Dorf seinen Charme
Alle lebten in grosser Armut
Das Dorf glich der Ebbe und Flut
In der Besiedlung herrschte ein widerlicher
Gestank
Die Leute wurden krank
Die Bewohner waren einer Krankheit ausge-
setzt
Sie fühlten sich von allen versetzt
Alle hatten es nötig
Aber niemand, nicht einmal der König
Zeigte gegenüber den Leuten Nachsicht
Die Bewohner blickten der Wahrheit ins Ge-
sicht

Nach mehreren Wochen kam die schöne
Frau zurück
Und die Bewohner hatten Glück
Sie linderte ihr Leid
Doch das dauerte seine Zeit

Plötzlich erblickte der Mann die Frau
Da wusste er es genau
Die Beiden kamen in Kontakt
Und sie wurden von jeweilig anderen ge-
packt

  Er wusste, die Liebe zu ihr war richtig
Alles andere blieb nichtig
Bei ihr fühlte er sich geborgen
Und es verschwanden seine Sorgen
Durch sie erfuhr er Zärtlichkeit
Sie zeigte gegenüber allen Respekt und Auf-
richtigkeit

  Irgendwann kam sie nicht am Ruhetag, an
welchem sie sonst kam
Sie verfolgte einen anderen Plan
Da sie ihre Entscheidung traf und bei ihm
blieb
Für den Mann und die Frau glich die ge-
meinsame Zeit einem Sieg
Die Frau fühlte sich früher gefangen
Und jetzt lebten die Glücklichen zusammen
Er zeigte seiner Geliebten ständig neue Orte
Und öffnete ihr ihre Pforte
Zudem übermittelte er ihr das Gefühl seiner
Liebe
So wurde sie die Frau vom Diebe

Die Stimmen wurden laut
«Er nahm sie als Braut»
«Ein Dieb verdient eine so herzhafte Frau
nicht»
«Gegangen soll er sein, bis er bricht»
«Er ist ein Lügner»
«Und ein Betrüger!»

Die Worte der Bewohner waren ihnen egal
Sie trafen die richtige Wahl
Die Liebe zählte
Weswegen er sie und sie ihn wählte

Sie wussten, die Dorfbewohner hatten
keine Ahnung
Denn jene hatten zu jedem Thema eine Mei-
nung
Wie zum Beispiel beim kleinen, kranken
Jungen
Nichts war ihm jemals gelungen
So ärgerten ihn alle

Er wirkte auf die Dorfbewohner wie eine
hässliche Qualle
Der Sohn des Bettlers gehörte zur Unter-
schicht
Und der Junge hatte ein deformiertes Gesicht
Die Leute redeten auf den Jungen ein, er sei
eine grosse Schmach
Er sei dumm, wie ein Einwohner nach dem
anderen sprach

Bei einem Fest war es so weit
Und die Bürger zeigten ihre Wahrheit
Eine erwachsene Person zog ihm die Hose
runter
Alle lachten ganz munter
Alle, bis auf den Mann und seine Ehefrau
Diese Aktion war ein mieser Klau
Der Vater des Kindes hielt anschliessend
eine scharfe Rede
Und sie gingen danach getrennte Wege

Wegen seiner barmherzigen Tat wollten sie
so sehr ein Kind
Es sollte so schnell kommen wie der Wind
Denn sie sahen das Feuer seiner fürsorgli-
chen Liebe
Seine Söhne waren seine Antriebe

Es kam der Tag, es war so weit
Die beiden baldigen Eltern waren bereit
Das Kind befand sich auf dem Sofa auf dem
Wege
Der Mann wollte nach Hause rennen und da
stellte ihn die Ratte zur Rede
Er konnte dem Schurken nicht entkommen
Denn der Mann hatte eine schmale Route
genommen
Die Ratte kannte ihn genau
Sowie seine Frau
Die Ratte hatte auf der grünen Fläche auf
ihn gewartet

Und ihn wegen der Geburt seines Kindes
auch auf diesem Weg erwartet
Die Begegnung war grob
Da die Ratte den Mann von der Strasse
schob
Und er drohte ihm, er sollte augenblicklich
die Familie verlassen
Sonst würde er schon bald seine Frau und
sein Säugling fassen
Die Ratte drohte, seine Geliebte und sein
Kind zu quälen
Und sie bei lebendigem Leibe zu schälen
Das war noch nicht genug
Er würde sie so lange foltern bis zum letzten
Atemzug
Der Mann wäre an all dem Schuld
Denn die Leute hatten mit ihm keine Geduld
Der Mann könnte und würde seine Schuld
leugnen
Aber schlussendlich müsste er sich dem
Volk beugen
Denn er blieb bekannt als Dieb
Und das war der Rattes Sieg

Der Mann wurde wütend und wollte nicht,
dass dies passierte
Weswegen er mit Verzweiflung und Zorn
reagierte
Für den Schutz der Familie stimmte er zu
Und er fügte hinzu:
«Im Moment bist du zwar stärker
Aber ich glaube, du willst Ärger

Den gebe ich dir
Vertraue mir
Ich sage dir diese Worte im Voraus
Ich übe Rache auf dich aus
Also nimm dich in Acht
Irgendwann wirst du fertiggemacht!»

Mit den Gedanken an die Familie, die ihn
innerlich zerrissen
Wusste er, er würde sie für immer missen
Der Mann floh aus dem Dorf in die Wildnis
Es waren unbekannte Gebiete, also ein be-
sonderes Wagnis
Doch der Wunsch, die Ratte zu töten, blieb
Was ihn jederzeit antrieb

Als erstes schlenderte er zum Strand
Wo ihn niemand fand
Er schaute hinaus aufs Meer
Eigentlich wollte er sein vorheriges Leben
sehr
Die Sehnsucht, seine Familie zu sehen
Jeden Tag hörte man ihn klagen und flehen
Er würde so gerne die Zeit mit seinen Liebs-
ten verbringen
Allerdings wusste er, die Leute würden sin-
gen
Auf diese Weise liess der Mann die Hoff-
nung der Wiederkehr vergehen
Er würde seine Geliebten wohl nie mehr
wiedersehen

Der Gedanke daran machte ihn krank
Weshalb er immer weiter in sich versank
Seine Überlegungen verfinsterten sich und
blieben hoffnungslos
Sein Leid war überaus gross
Bei jeder Aktivität erinnerte er sich an sie
Die Eingebungen gaben und nahmen ihm
Energie
Die Zuversicht der Rache blieb
Aber fürs erste war es nicht sein Sieg

Jene Gedanken trieben ihn an
Er hatte schon einen ungefähren Plan
Daher schwamm er jeden Tag
Und nahm einen grossen Baumstamm, der
ausgerissen auf dem Boden lag
Diesen stemmte er hoch
Auch wenn der Baumstamm etwas faul roch
Und er rannte
Bis der Gedanke der Rache für einen kurzen
Moment verbrannte

Der Mann setzte sich beim Strand auf einen
Stein
Ihm wurde bewusst, er war allein
Selbst wenn er die Ratte besiegen würde
Wäre die Rettung seiner Familie noch eine
viel höhere Hürde
Sogar mit seinem Tod, wäre sicherlich alles
noch arrangiert

Auch wenn der Mann die Ratte mit dem
Kampf konfrontierte, wäre Ärger vorpro-
grammiert
Er entdeckte keine Hoffnung
So verlor der Mann seine Ordnung

  Der Mann schaute aufs Meer
Sein altes Leben wollte er nicht mehr
Trotzdem dachte er noch an seine Frau
Und ihre lieblichen, kleinen Schritte wie von
einem Pfau
In der Vorstellung formte er sein Kind
Diese Gedanken machten ihn blind
Das Leben im Kopf war eine Illustration
Der Mann versank in einer tiefen Depression
Er verlor seine Frau und sein Erbe
Sein Blick wirkte wie eine zerbrochene
Glasscherbe
Sein Gedanke verdarb
Ihm war allerlei, ob er lebte oder starb
Er kam so weit, um es zu tun
Und sich für immer auszuruhn
Plötzlich erschien in seinem Kopf eine ver-
führerische Stimme
Diese bekam die Aufmerksamkeit der Sinne
Es wirkte wie eine Hymne an die Nacht
Der Klang der Worte war eine süsse Pracht

  Als wäre er hypnotisiert, zog er los
Er trat in den Wald ein und lief über das
Moos
Die Laute verführten ihn

Vor diesen Buchstaben konnte er nicht
fliehn
Die Bedeutung dahinter zog ihn magisch an
Er war gefangen in seinem Bann

Nach stundenlangem Gehen öffnete er die
Augen
Er konnte die Tatsache nicht glauben
Der Mann stand in einem dunklen Raum
Vor ihm ragte aus der Erde ein mysteriöser
Baum

Sofort erinnerte er sich an die Geschichte
von seinem Vater
Er erzählte sie liebend gerne mit dem Kater
Nur mit einer einzigen Berührung
Wäre es vorbei mit der Verführung
So legte der Mann seine Hand an das ausge-
laufene Harz
Im selben Moment wurde ihm Schwarz

In der Dunkelheit sah er ein Feuer
Und hörte das Gelächter von einem Unge-
heuer
Das Bild erhellte sich und er sah eine Person
Sie sass auf dem unangefochtenen Thron
Der Mann hörte sein Lachen
Und er betrachtete zudem einen kleinen Dra-
chen
Er beobachtete die tanzenden Personen
Sie wollten alle beim Baum wohnen
Wie sollte der Mann diese Zeichen deuten

Welche auch den Baum erfreuten
Da erlosch plötzlich das Funkeln
Der Mann erwachte wieder im Dunkeln

 Dieses Erlebnis wirkte nicht wie ein Traum
Denn er befand sich vor dem Baum
Der Mann fühlte sich selbst auf eine andere
Weise
Sein Blick und sein Geruch waren seine Be-
weise
Er fühlte sich prächtig
So ganz ohne Sorgen und einfach mächtig
Der Mann hörte ein wildes Reh
Der Baum sagte: «Geh»

 So verschwand der Mann
Vor der Tür geschah es dann
Der Mann betrachtete seine Hände
Das war die grosse Wende
Er bestaunte seine Beine
Sie waren pelzig und so dunkel wie Schie-
fersteine
Zudem schaute er von weiter oben
Sein Herz wollte nicht toben

 Er hatte seine Gestalt verändert
Was früher rennen war, galt jetzt als schlen-
dern
Was er früher in der Ferne roch,
Erkannte er jetzt mit dem geringsten Duft
auch noch aus dem entferntesten Loch

Was früher schreien war
War für sein Gehör jetzt furchtbar

Er trug ab sofort sozusagen eine neue Brille
Denn es veränderte sich zudem sein Wille
Er war nicht mehr auf Rache aus
Und erkannte nicht einmal mehr sein eige-
nes Haus
Der Mann vergass seine Frau, die sein Le-
ben darstellte
Damit verschwand seine gesamte Welt in
der leblosen Kälte
Alles, was er einmal wusste, ging verloren
Denn er wurde neu geboren

Über die Jahre rannte er die gesamte Zeit
im Wald umher
Für das Wesen gestaltete sich diese Aufgabe
als nicht schwer
Aus dem Nichts vernahm er eine rosige Luft
Verwirrt schaute er um sich, denn er kannte
den flüchtigen Duft
Er folgte dieser Spur
Das Suchen gehörte jetzt zu seiner Natur

Aus der Ferne sah er ein Mädchen
Sofort drehten sich die verschollenen Räd-
chen
Ein Blick reichte aus
Und die Dunkelheit wich und er erinnerte
sich ans alte Familienhaus
Er dachte an seine Frau

Ihr Gesicht und die Haare passten fast genau
Leider war sie das nicht
Dieser Blick durchstiess die alte Aussicht
Er wollte zurück
Zur Frau und zu seinem Kind ins Glück
Das Wesen verlor den Gedanken der Rache
Dieses Ereignis blieb für ihn eine vernach-
lässigbare Sache

Ein innerer Kampf begann
Vergehen sollte der Bann
Er entsann sich fester und stärker an die Ge-
fühle seiner Frau
In seinen Gedanken kam ein blauer Pfau
Und durchdrang das Siegel
Geöffnet war sein Riegel

Er verwandelte sich in einen Menschen zu-
rück
Denn er kannte sein Glück
Die Gedanken wurden klarer
Alles erschien ihm wahrer
Durch die Hilfe der Familie
Hüpfte er über die Linie

Wild entschlossen rannte er runter
Die Vorstellung an seine Frau und Kind
machte ihn munter
Denn er eilte über das Laub zurück, sein Ziel
war das Dorf
Welches überfüllt war mit Torf

Doch der Waldrand bildete sein Ende
Dort standen für den Mann unüberwindbare
Wände

  Der Mann drückte sich gegen die Wand
Allerdings bildete sie eine unsichtbare Hand
Mit voller Kraft versuchte er, sich hindurch
zu kämpfen
Die Mauer sollte nicht seine Vorstellung
dämpfen
Doch alles, was er tat, funktionierte nicht
Er misstraute seiner Sicht
Der Wald war es, der ihn brach
Eine grausame Schmach

  Er verstand nichts mehr
Der Mann wollte doch nur seine Heimkehr
Schliesslich sah er das Gras am Waldrand
wehen
Seine Zuversicht sollte vergehen
Er war so nah und doch so fern
Ihre liebliche Hand hätte er gern
Leider kam er aus dem Wald nicht heraus
Die Waldung bildete ab nun sein eigenes
Gasthaus

  Die Tatsache machte ihn traurig und wü-
tend
Sein Körper wurde glühend
Er verlor die Kontrolle
Dies führte ihn zu seiner anderen Rolle

Der Mann verwandelte sich
Er empfand dieses Gefühl als entsetzlich
Jetzt wusste er, was mit ihm geschah
Da er die gesamte Welt sah
Trotzdem blieb er blind
Wie ein kleines Kind
Die Wunde konnte nicht genesen
Nun als dieses Wesen
Schlug er gegen die Wand, sodass es durch
die Welt hallte
Es entstand keine einzige noch so kleine
Spalte
Er kämpfte mit all seiner Kraft
Schliesslich ging es um seine Leidenschaft
Und er gab nicht auf
Das Wesen schlug weiter darauf

Irgendwann sah er ein, es machte keinen
Sinn
Und seine Hoffnung flog dahin
Ihm war ganz schaurig
Er fühlte sich traurig
Es dauerte nicht lange
Und eine Träne rollte ihm über die Wange
Seine Träume vergingen
Die niemals am seidenen Faden hingen
Das alles nur wegen der Wand
Sie bildete die Durchtrennung vom unendli-
chen Band

So verzog er sich enttäuscht wieder zurück
ins Innere
Das Leben im Wald war nicht das Schlim-
mere
Es war die Ungewissheit
Und seine Tat in der Vergangenheit
Wäre er nicht gegangen
Müsste er jetzt nicht um seine Familie ban-
gen

Einige Tage vergingen
Da wollte ihn sein Herz zur Wand bringen
Aus der Entfernung beobachtete er einige
Leute
Er fragte sich, was dies bedeutete
Das Wesen roch den rosigen Duft
Und sah eine tiefe Gruft
Dort hinein wurde eine Kiste gelegt und das
Wesen überlegte
Es blitzte ein Gedanke auf und da wusste der
Mann, was sich nach unten bewegte
Es war eine Beerdigung
Für ihn war das eine grosse Beeinträchti-
gung
Er dachte, es sei seine Frau
Der Tod vom lebenden Pfau
Erneut zog er in den Wald
Er schlenderte in der menschlichen Gestalt
Langsam versank er in der Traurigkeit
In seiner stillen Einsamkeit
Er dachte an ihre gemeinsamen Erlebnisse
Und an ihre Kompromisse

All ihre guten Taten
Erzeugten für ihn den täglichen Atem

Von da an ging er sinnlos im Wald umher
In seinem Inneren fühlte er sich leer
Plötzlich fand er eine Ruine
Sie bildete das Sinnbild seiner Schiene
All die zerbrochenen Wände und Steine
Dorthin führten ihn seine Beine

Er betrachtete eine grosse Wurzel
Und auch einen kleinen Purzel
Der Mann hatte Ähnlichkeiten mit ihm
Er konnte seinem Auge entfliehn
Unter der Wurzel setzte er sich hin
Über die Jahre geschah nichts, doch dann er-
wachte ein Sinn
Er spürte eine seltsame Atmosphäre
Als wäre er inmitten einer Schere
Es regte sich ein nebeliges Gefühl
Und seine Stimme wirkte sehr kühl
Denn er schwamm in der Dunkelheit
Sein Geist war von allem befreit

Er dachte an seine Tochter
Und das bei eisigem Wetter
Leider fand er sie nicht
Stattdessen ein Wesen, das langsam bricht
Ein Wesen mit einer Krankheit
Er war für sein Schicksal bereit
Dann erblickte er noch mehr
Die Sehnsucht war in ihm wie ein Meer

Es handelte sich um ein leeres Leben
Niemand konnte ihm Hoffnung geben
Plötzlich sah er eine Person
Es war seines Freundes Sohn

Der Mann erfasste die Bilder
Es wurde immer hässlicher und wilder
Nach langer Suche fand er sie
Seine Tochter verhalf ihm zu neuer Energie
Er überbrachte ihr in ihrem Traum eine Bot-
schaft
Im Wald in den Ruinen fände sie neue Kraft
Sie müsste sich nur durch den Wald durch-
schlagen
Das Mädchen stellte ihm Fragen
Er antwortete
Falls das Mädchen diesen harmonischen Ort
in der Waldung ortete

Er sprang aus dieser Dimension
Denn er fand die gesuchte Person
Der Mann hatte unter der Wurzel sehr lange
gewartet
Und hat mitten im Regen gestartet
Das Wetter blieb immer trüb
Für die Sonne war die Jahreszeit etwas zu
verfrüht

Er fragte sich wie
Auf welche Weise reagiert sie
Er, ihr Vater

Ihr Leben verlief ohne ihn bestimmt desolater
Daher schämte er sich ein wenig
Immerhin war er ausgebrochen aus dem Käfig

Also wartete der Mann
Irgendwann geschah es dann
Er sah ein Mädchen
So drehte sich sein Rädchen
Sie schaute sich bei den Ruinen um
Der Mann blieb unter der Wurzel stumm
Plötzlich starrte sie in seine Richtung
Sofort änderte sich die Windrichtung
Ihr Duft strömte in seine Nase
Als wäre er in einem Blumenmeer ohne Grase
Auf einmal wirkte alles herrlich
Als wäre für ihn alles ausser ihr entbehrlich
Sie sah ihn mit den Augen seiner Frau an
Mit denen sein eigentliches Leben begann

Reglos blieb er an seinem Ort
Für alles, was er einmal vergass, fand er wieder eine Antwort
Sie trat mit den Wassertropfen auf ihn zu
Der Mann fühlte keine Unruh

Unter der Wurzel füllte er ihr ihre Neugier
Und da erzählte er ihr
Was gerade in diesem Wald vor sich ging
Und wie alles anfing

Es wirkte schwierig, es war wie in einem
Labyrinth
Aber er liebte sie und zum ersten Mal nannte
er sie *Kind*

Er erzählte ihr seines Vaters Geschichte
Vom dämmernden, mystischen Lichte
Denn er war dabei, als das Chaos begann
Er stand in dessen Bann
Er sagte ihr, sie solle zum Baum gehen
Und sich dessen Schicksal ansehen
Ihr Treffen dauerte nicht lang
Trotzdem lauschte er gerne ihrem Klang
Anschliessend verwandelte er sich in seine
unheimliche Form
Gretchen wirkte auf ihn wie ein kleines
Korn

Er verspürte seine wilde Lust
Dieses Gefühl erdrückte er mit unmögli-
chem Frust
Das Wesen fixierte das Mädchen an und zog
von dannen
Denn seine Träume schwammen

Für ihn blieb die Rückkehr unmöglich
Es war für ihn nur höflich
Noch betrachtete er sie
Sie folgte der Energie
Anschliessend zog er in den Wald
In seiner unmenschlichen Gestalt

Nach kurzer Zeit entfloh die atemberau-
bende Magie
Er fiel auf die Knie und sah sie
Die Sonne schien auf ihn
Seine Beine wurden schwach, wie es dem
Mann schien
Er streckte seine Hand nach ihrer aus
Langsam zog die Lebenskraft aus ihm her-
aus
Der wandelnde Mann wurde immer schwä-
cher
Und erhörte sein Gelächter
Die Fingerspitzen berührten ihre Hand
Es erfror das leidende Band

Freiheit

In die Trompeten wurde geblasen
Keiner musste fragen
Durch den Klang übermittelte man die
Nachricht klar
Das Kind des Königs war da

Umwickelt in sanfter Seide
Schlief das Kind in der kissenbedeckten
Weide
Das Mädchen schlummerte, der Anblick war
wunderschön
Mit dem Kind kam der warme Föhn

In jungen Jahren galt sie als das schönste
Mädchen
Und sie lief auf gepolsterten Mättchen
Man wollte nicht, dass sie sich verletzte
Diese Vorsicht stand im Schloss im Gesetze
Ansonsten drohte die Verbannung
Das führte zu grosser Spannung
Denn sie benahm sich lange brav
Während dem Spielen und im Schlaf
Auf sie kamen alltägliche Pflichten
Zum Beispiel sollte sie einstudierte Kon-
flikte zwischen Dienern schlichten
Die zukünftige Königin sollte lernen, wie
man regierte

Und sie musste wissen, wie man jemanden
aufgrund der Tatsachen schuldig plädierte
Sie schrieb für jeden Zwischenfall mehrere
Berichte
Weswegen sie die gesamte Herrscherübung
vernachlässigte
Das Mädchen hatte ganz andere Dinge im
Kopf
Kamen für sie Aufgaben, zerbrach sie wü-
tend einen Topf

  Schimpfen wäre angesagt gewesen
Und ständig hatten die Diener den König um
Erlaubnis gebeten
Doch er antwortete jedes Mal mit nein
Das Gesetz war sein

  Das Mädchen wurde rebellisch
Und sie war nicht mehr gesellig
So entfernte der König ihre Pflichten
Stattdessen sollten ihre Diener die Arbeit
verrichten
Das Mädchen sollte zusehen
Und aufgrund der Urteile den Unterschied
zwischen Gut und Böse verstehen

  Etwas später wurde ihre Mutter krank
War das Mädchen bei ihr, zeigte sie auf ei-
nen Schrank
Dort lagen Bücher
Und einige farbige Tücher

Das Mädchen holte daraus jeden Tag eine
Lektüre
Die Elfe schaute jeden Tag zur Türe
Trat ihr Kind ein, wollte sie, dass sie sich zu
ihr setzte
Und sie lass vor in ihrem Neste

Das Mädchen liebte ihre Mutter sehr
Sie behandelte ihre Tochter immer fair
Die Mama erzählte ihrem Spross
Wundervolle Geschichten über die Natur,
die Felder oder das Reiten und die gefühlte
Freiheit auf ihrem Ross

Durch diese enge Bindung wurde sie ver-
nünftig
Und dadurch benahm sie sich adelig
Ihr Benehmen war vortrefflich
Sie kümmerte und handelte geschäftlich

Dem König fiel ihr Können auf und gab ihr
eine neue Aufgabe
Die Prinzessin erfüllte sie voller Hingabe
Sie vervielfachte sein Profit
Indem sie sich für die richtigen Ideen ent-
schied
Sie war jugendlich und war im Jargon noch
jung
Da erfand sie die Zeitung
Oder als sie sich allen widersetzte und der
Anwendung der Dreifelderwirtschaft zu-
stimmte

Sie unterschrieb die Abmachungen direkt
selbst mit Feder und Tinte

Doch dann starb die Mutter leider
Gekleidet wurde sie in weisse Kleider
Von diesem Zeitpunkt an wollte das Mäd-
chen nur noch raus
Hinaus aus dem Haus

Ihre Mutter erzählte so viele Abenteuer von
der Natur
So gab sie ihr den Schwur
Irgendwann wollte sie raus aus dem Schloss
Einfach weg von ihrem Boss
Doch ihr Vater liess sie nicht gehen und
wollte ständig mit der negativen Aussenwelt
übertreiben
Sie sollte für immer im Palast bleiben
Hier hatte sie alles, was sie brauchte
Da die Natur nur den Geist verstauchte

So kümmerte sie sich weiter um die Ge-
schäfte
Draussen hörte sie ein Tier, das kläffte
Sie schaute hinaus
Und sah ein kleines Haus
Darauf stand ein Wolf und wedelte mit dem
Schwanz
Er wirkte voller Elan und besass Eleganz
Das Mädchen betrachtete ihn mit feuchten
Augen
Er schien so, als könnte sie ihm vertrauen

Er sprang vom Dach, lief hinter die Hügel
und verschwand wieder
Traurig schlossen sich ihre Augenlider

Mit diesen Gefühlen setzte sie sich zurück
Und sie erkannte an den Papieren ihr Glück
Diese ebneten ihr den Weg, um aus dieser
Gruft zu entkommen
Und sie konnte sich schon bald in der Sonne
sonnen
Die Prinzessin unterzeichnete die Papiere
Im nächsten Moment kamen viele Wägen
und Lasttiere
Denn eine neue Besiedlung sollte errichtet
werden
Zum aller ersten Mal sah sie Personen und
diese ritten auf Pferden

Als das Dorf gebaut war, kam das ganze
Schloss zur Eröffnung
Ihr Vater bat sie wegen seinen Geschäften
um Verzeihung
Da war die Prinzessin an ihrem Ziel der
Freiheit
Der Zauber der Mutter war die Reinheit

Die Prinzessin lief im Dorf herum
Jeder, der sie betrachtete, wurde sofort
stumm
Sie genoss die Situation
Von weiter Ferne hörte sie einen schrillen
Ton

Dorthin zog sie auch
Sie fragte sich, was war das für ein seltsamer
Brauch?

Die faszinierte Frau kam zur Stadtmitte
Sie sah noch tollere Abschnitte
Bis auf eine Ausnahme
Sie tippelte fröhlich mit kleinen, feinen
Schritten, wie eine echte Dame
An einem Ort sah die Prinzessin eine entste-
hende Skulptur
Und einen Mann, der in ihre Gedanken ein-
fuhr

Sie schauten sich lange in die Pupillen
Nichts konnte ihr Herz stillen
Zuerst waren es nur einige Blicke
Im nächsten Moment hörte sie Pferdeschritte

Die Prinzessin wurde ins Schloss gebracht
Aber in ihr war eine neue Welt erwacht
Sie blieb die Person und wachte über die
Siedlung
Denn nun hatte sie mit dem Geschäft ein
wenig Übung
So suchte sie jede Woche einen Grund, um
zurückzugehen
Und jede Woche blieb sie beim Mann mit
der Skulptur stehen

Nach langer Zeit redeten sie ein wenig
Und der seltsame Gedanke herrschte stetig
Ein Gefühl der Wärme bildete sich in ihrer
Brust
Jeder Abschied war gekennzeichnet durch
Schmerz und Frust

Lange konnte sie ihre List durchziehen
Doch ihrem Vater konnte die Frau nicht ent-
fliehen
Er wollte ihre geschäftlichen Papiere
Um herauszufinden, welchen Gewinn das
neue Dorf generierte

Von dem Moment an wurde die Prinzessin
von der Erfüllung ihre Aufgaben ausge-
schlossen
Niemals erblickte sie ihn wieder, ihren Ge-
nossen
Draussen fühlte sie sich frei
Es erklang ein Hilfeschrei
Sie wollte noch viel mehr Eindrücke
Daher suchte sie in den Regeln nach einer
Lücke
Da in ihr die Hoffnung keimte
Es verging kein Tag, an dem sie nicht weinte
Leider fand sie keinen Ausweg und sass im
Palast fest
Gefangen war die Prinzessin wieder in ih-
rem Nest
Allerdings gab sie nicht auf

Da entdeckte sie als erwachsene Frau eine
Auffälligkeit, einen regelmässigen Ablauf

Eine Frau mit dunklen Kleidern durch-
schritt jeden Tag das Tor
Und kam am Abend wieder hervor
Im Schloss trug sie eine Uniform
Das entsprach der Norm
So stahl sie während der Arbeitszeit ihre
Kleidung
Diese Aktion bildete ihre Befreiung

Im Dorf sah sie das grosse Leid
Die Ortschaft wurde verdammt in alle Ewig-
keit
Doch die Frau wollte dies nicht sehen
Die Not sollte vergehen

Sie nahm jede Woche einen Korb mit Brot
Im schönsten Kleid linderte sie die Not
Jedem Menschen reichte sie ein Stück
Nach langer Zeit fand sie ihr Glück
Sie sah den Mann
Wodurch eine kleine Träne von ihrer Wange
rann

Sofort rannte sie auf ihn zu
Beinahe fiel sie aus ihrem Schuh
Da nahmen sie sich beide herzlich in die
Arme, sie spürte seine warmen Hände
Ihr inneres Leiden fand ein Ende

Die Beiden verbrachten eine wunderschöne
Zeit
Am Abend stand sie zum Aufbruch bereit
Und sie ging
Obwohl ihr Leben jetzt am seinem hing

   Auf diese Weise entfloh sie für einige Wo-
chen
Ihr Brot für die Armen war niemals trocken
Sie verteilte zuerst den Brotlaib an Gross
und Klein
Im Anschluss wollte sie nur noch bei ihm
sein
Er offenbarte ihr Zärtlichkeit
Seine innere Schönheit
Das Vertrauen
Und sie konnte immer auf ihn bauen
Ihr Herz sagte der Prinzessin: «Bleibe
Leg dich mit ihm in eine Weide»
Es sprach aus ihr ein unvollendeter Drang
Für ihr Herzchen war es ein haltender
Zwang
Die junge Frau liebte ihn und ihre Freiheit
Für die Dame wurde es Zeit
Eine Entscheidung sollte kommen
Und sie hatte ihre Liebe genommen

   Am Tag ihrer Wahl kehrte sie nicht heim
Hier im Dorf lebte sie ein Dasein und fühlte
sich nicht so leer wie ein Stein
Sie fühlte sich lebendig
Und nicht mehr so verfremdet

Zudem war sie in seiner Nähe
Er war mehr als der Sohn einer Krähe
Er war voller Empathie
Schliesslich verstand er sie

Die Liebenden reisten in der Welt umher
Das wünschte sich die Frau so sehr
Auch wenn sie arm waren
Wollte er ihre Wünsche bewahren
Sie entdeckten neue Orte
Für die Landschaften fanden sie keine Worte
Doch das Beste an diesen Orten blieb immer
die Sonne
Welch genüssliche Wonne
Sie spürte durch die Sonne Kraft, wodurch
alles machbar schien
Das war ihr fehlendes Vitamin

Leider mussten sie immer wieder zurück
Sie folge ihrem Mann aus freien Stücken,
denn er war ihr Glück
Denn auch dort fühlte sie sich wohl
Dieses Gefühl bildete Heimat, das Daheim,
ein Wort mit Symbol

Bei ihnen stimmte die Chemie
Alles passte für sie
Der Mann wollte sie heiraten
Die Frau konnte diesen Tag nicht abwarten

Sie gingen zum nahegelegenen See
Und legten sich gemütlich in den Klee
Der Bräutigam nahm den Ring hervor
Und machte einen Schritt vor

Die Verlobung war geglückt
Für alle Bewohner wirkte das verrückt
Daher zogen sie für die Eheschliessung in
ein anderes Dorf
Die Heirat erfolgte nicht im Dorf mit dem
Torf

Sie taumelten zum Dorf der Rosen
Der Duft der Rosen war am Toben
Der gesamte Ort mit farbigen Rosen bedeckt
Und das Dorf blieb im Verborgenen ver-
steckt

Die Frau war gekleidet in Weiss
Der Mann schenkte ihr aus Liebe den Ring
als Beweis
Unter Freudentränen nahm sie den Schatz an
Wodurch ihr neues Leben mit dem ersten
Kuss begann
Sie waren von dem Moment an Mann und
Frau
Der genannte Dieb und der bezeichnete Pfau

An einem Tag wurde der Tag des Reiches
gefeiert
Und es wurden viele Objekte ersteigert

Es wirkte alles friedlich, doch dann geschah
es
Ein Junge erlebte etwas Schreckliches

Auf dem Podest wurde ihm die Hose run-
tergezogen
Ihre Ehrlichkeit war gelogen
Nach dieser Aktion hielt der Vater des Jun-
gen eine Rede
Danach gingen die Schockierten und der
Mann verschiedene Wege

Dadurch stieg ihr Wunsch nach einem
Kind
Womit beide einverstanden waren, es kam
zu einem Aufwind
So zeugten sie eine kleine wunderschöne
Gestalt
Ein lauter Donner kam vom Wald

Mit jedem Tag, an dem der Bauch weiter
wuchs, freute sie sich mehr
Sie liebte ihr kleines Kind schon sehr
Die werdende Mutter streichelte jeden Tag
den Bauch
Sie spürte in ihm den Lebenshauch
Ein Liedchen stimmte sie an für das Kleine
Mit jedem Sonnenaufgang wurden sie
schwerer, ihre Beine

Dazu half sie den Leuten
Die sich mit ihr freuten
Denn seit der Rede half sie allen
Sie tat allen einen Gefallen
Schliesslich wollte sie nicht, dass so eine
Aktion nochmal geschah
Da sie für ihr Kind in die Zukunft sah

Sie pflegte Arme und Kranke
Die Leute sagen ihr: «Danke»
Durch die Prinzessin wurde das Dorf etwas
besser
Allerdings gab es noch keine sauberen Ge-
wässer
Dazu gab es eine Krankheit
Für diese war kein Mensch bereit
Viele wurden von ihr getötet
Jegliche Wangen waren wegen dem Fieber
errötet
Es war die Pest
Die Krankheit spannte ihr Netz
Sie liess fast jeden Bewohner zu Boden fal-
len
Und man hörte die Verzweiflungsschreie
durch die Gassen hallen

Nach kurzer Zeit spürte sie die Wehen
Die Prinzessin konnte nicht mehr aufrecht
stehen
Auf das Sofa setzte sie sich
Und wartete unter Schmerzen geduldig
Sie erwartete ihren Mann

Der leider nicht nach Hause kam
Und an diesem Abend wurde das Kind gebo-
ren
Und an diesem Tag ging ihr Mann verloren
Es war ein Mädchen
Und die neugewordene Mutter nannte das
schöne Kind Gretchen

Sie dachte an ihren Mann
Der nicht nach Hause kam
Die Verliebte hoffte auf seine Rückkehr
Sein Verschwinden traf sie sehr
Ihr Kind war da
Welches er immer vor seinen Augen sah

Mit der Tochter in den Armen ging sie auf
die Suche
Das Kind ummantelte sie in warmem Tuche
Überall wo sie ihn vermutete, schaute sie
nach
Plötzlich hörte sie von einem Mann, der von
einem Toten sprach
Im Wald wurden menschliche Knochen ge-
funden
Und ihr Mann war verschwunden

Sie wusste, etwas musste geschehen sein
Er liesse seine Familie nie allein
So rief sie die Leute auf:
«Geht in den Wald hinauf
Suchet nach meinem Mann»
Jeder spürte die Liebe vom Gespann

Die Leute packten ihre Sachen
Sie wollten nicht nur den Ort bewachen
Denn die Freiwilligen wollten auch die Lei-
che finden
Um auf dies Weise auch ihr kleines, verletz-
tes Herzchen zu verbinden

Und auch die Frau ging am ersten Tage mit
dem Kind mit
Leider schmerzte jeder einzelne Tritt
Doch ihr Herz sagte ihr, er ist dort
Er ist nicht fort
Daher folgte sie ihrem Herzen
Und ertrug die schrecklichen Beinschmerzen

Nach langem Laufen traf sie auf einen
weissen Tiger
Er war ein heiliger Krieger
Die junge Mutter streichelte das Wildtier
Der Tiger hatte sie im Visier

Sie schaute in seine Augen
Und sie konnte es nicht glauben
Er sprach mit seinem Blick
Verletzt war sein Genick
Sie dachte an ihren Ehemann
Der Tiger nickte dann

So kehrte sie durch seinen Blick heim
Der Wald war gemein
Und all die heimtückischen, wilden Gefah-
ren

Die alle im Walde verborgen waren
Denn sie vertraute dem Tiger
Ihr Mann kommt sicherlich wieder

Daher verbrachte sie ihr Leben im Dorf
An jeder Ecke lag ein Haufen Torf
Jeden Tag suchte sie den Wolf auf, den ihr
Mann konstruierte
Welcher den Schmerz in ihrem Herzen redu-
zierte
Ein Teil von ihm lebte in seinem Werk
Die Skulptur war von dort an in ihrem Au-
genmerk
Denn der Wolf verband sie und ihn
Welcher für sie als ihr Mann erschien
Sie verknüpfte den Wolf auch mit der Frei-
heit
Und mit ihrer Mutter, der Weisheit und
Reinheit
So schloss sie das Bild vom Wolf in ihr Herz
Und schaute nach vorn trotz dem pochenden
Schmerz

Sie sorgte sich um ihr Kind und die Leute
Die Prinzessin teilte ihre gesamte Beute
Zum Glück sah sie ihre frohe Tochter wach-
sen
Nur wegen ihr wollte die Prinzessin für sie
fasten
Allerdings wurde es immer häufiger
So wurde der Sinn immer fraglicher
Zusätzlich schmerzte ihr gesamter Körper

Dennoch sprach sie zu den Leuten hoff-
nungsvolle Wörter
Sie bekam Fieber
Und dieses Symptom kam immer wieder
Jedes Mal ging es ihr schlechter
Die Bewohner waren ihre Sicherheitswäch-
ter
Sie pflegten die Frau, so gut es ging
Bis ihr unheimliches, verwirrtes Gerede an-
fing
Sie kam dem Tod sehr nah
Wie jeder durch ihr Verhalten sah

  Sie schlief praktisch den ganzen Tag
Die Leute fragten immer nach
Die kranke Prinzessin sah so aus wie eine
Leiche
Und ihre Fantasie spielte ihr Streiche
In ihren Gedanken hielt ihr Ehemann sie in
warmen, sicheren Händen
Dieser Moment wollte für sie nicht enden
Sie dachte, ihr Mann sei da und er küsste sie
In Wirklichkeit kam er nie
Die Sonne strahlte in der Wiese in ihr glän-
zendes Gesicht
Leider verstand niemand ihre Sicht
Sie hatte Sehnsucht
In ihren Träumen fand sie ihre Frucht

Was geschah mit ihrer gesunden, kleinen
Tochter?
Ihr Familienstammbaum war für die Leute
fraglicher
Denn niemand kannte diese
Für die Bewohner war sie eine heilige Per-
son und kam von der Wunderwiese
So fanden sie keine Verwandten für ihr Kind
Und die Ratte war nicht blind
Wenn die Mutter aufwachte, suchte sie nach
ihrem Mädchen
Und krächzte hustend und heiser: «Gret-
chen»
Das Mädchen antwortete ihr jedes Mal
Für sie war das Ganze eine grosse Qual

Die Prinzessin versuchte, gesund zu wirken
Die Tochter setzte sich auf denselben Stuhl
aus Birken
Allerdings wusste sie selbst, dass ihre Ver-
fassung nicht gut war
Denn ihre starke Fassade war nicht wahr

Die Prinzessin erzählte ihrer Tochter die
Wahrheit
Und sagte immer, sie sei vom Bösen befreit
Sie sollte jeden Tag lachen
Zudem sollte sie ihre Mutter und ihr Vater
im Herzen bewachen
Beide Elternteile hatten sie lieb
Auch wenn es den Vater aus unbekannten
Gründen vertrieb

In dem Moment kam die Ratte
Der die Prinzessin bereits in ihrer Kindheit
im Schloss gesehen hatte
Sie fragte sich, warum er hier war
Seine Gründe waren ihr unklar

Sofort schickte sie ihre Tochter hinaus
Er verursachte nur Graus
Die Ratte war ein fürchterliches Tier
Und er war des Königs Magier
Er stellte fest
Ihre Krankheit war die Pest

Er sprach mit ihr und sie war schockiert
Von seinen Worten war sie traumatisiert
Was er sagte, durfte nicht passieren
Sie durfte ihre Tochter nicht an ihn verlieren
Die Prinzessin fauchte nur
Und sie sprach einen Schwur
Niemals würde er ihre Tochter bekommen
Sein Vorhaben würde nicht durchkommen

Schockiert zog er von dannen
Die Prinzessin wollte ihn ins Totenreich ver-
bannen
Nur dort gehörte er hin
Das Mädchen verbrächte niemals die Zeit im
Schloss drin

Die Prinzessin rief eine Frau
Und die Frau kam zum blauäugigen Pfau
Sofort sprach sie ihre Bitte aus

Das junge Mädchen sollte in ihr Haus
Sie sollte sich gut um ihr Kind kümmern
Umso auch den Plan der Ratte zu zertrüm-
mern
Die Frau stimmte ein
Es sollte für ihre Tochter sein
Und sie verschwand
Am liebsten schickte sie ihre Tochter in ein
anderes Land
Oder zu ihrem Mann, der Tochter Vater
Er wäre ihr bester Berater

Danach schlief die Frau ein
Und ein weisser Tiger kam in ihr Haus hin-
ein
Die Prinzessin hörte ihn und öffnete die Au-
gen
Sie konnte dieses Phänomen kaum glauben

Der Tiger sagte ihr, die Ratte sei am Ver-
schwinden ihres Mannes schuld
Er war verantwortlich an ihrem ganzen Tu-
mult
Schliesslich bedrohte er ihren Mann vor Jah-
ren
Und er wollte ihn aus dem Dorf jagen
Der Tiger hatte diesen Konflikt gesehen
Die Prinzessin konnte jetzt alles verstehen

Die Frau schwor keine Rache
Schliesslich verhielt sie sich nicht wie ein
Drache

Allerdings konnte sie der Ratte nicht verzeihen
Doch sie konnte sich von der Frage vom
Verbleib ihres Mannes befreien

Der Tiger hatte eigene Pläne
Von der Wange der Prinzessin rollte eine
Träne
Der weiss-schwarze Kater berührte ihre
Nase
Und zerstörte eine antike, alte Vase
Im Anschluss verschwand er wieder
Der weisse Tiger war in der Tat ein Krieger

Ihrem Zustand ging es von diesem Zeitpunkt an stetig schlechter
Der Pfau und der Tiger waren jetzt ihre
Wächter
Die beiden betrachteten die Blüte
Die Stirn der Prinzessin glühte
Ihr Körper hielt die Qualen bald nicht mehr
aus
Das Fieber stieg weiter hinauf
Sie schwitzte
Weshalb die Prinzessin ein Herz in ihr Bett
ritzte

Die Tochter des Königs verlor langsam den
Verstand
Es gab nichts mehr, was sie auf der Erde
band

Sie vernahm die Welt im halluzinierenden
Zustand
Und jetzt verstand und wollte sie niemand

  So lag sie im Bett
Sie sang in ihrer Fantasie mit ihrem Mann
ein Duett
Ihr Herz pochte immer schneller
Und sie sah das helle Licht immer heller
Dann verschloss sie für immer die Augen
Die Dorfleute konnten es nicht glauben
Die Krankheit hatte es geschafft
Sie nahm ihr endgültig die letzte Lebens-
kraft

  Mit ihrem vollen Glanz beerdigte man sie
Verschwunden war die schimmernde Ener-
gie
Doch jeder würde sich an sie erinnern
Ihr Grab sollte immer unter der Sonne und
den Sternen schimmern

Schatten seiner selbst

Der Gerettete war von Trauer erfüllt
Seine geliebte Person war in ein Gewand
umhüllt
Wenige waren an den geheimen Ort für
Gretchen eingeladen
Der Mann wollte ihrem wunderschönen
Grab nicht schaden
Niemand wollte etwas sagen
Allen schlug ihr Schicksal auf den Magen
Langsam wurde Gretchen zu Boden getra-
gen
Ihr Mann wollte ihr noch etwas sagen
Jedoch wagte er die Worte nicht
Er sah in ihr sein einziges Licht
Nun war er wieder allein
Er wollte dies jedoch nicht sein
Jetzt lag sie dort und er stand
Weswegen er Angst und Furcht empfand

Alle gingen nach Hause
Der Mann brauchte von der Gegenwart eine
Pause
Weshalb er vor ihrem Grab auf seine Knie
fiel
Sein Ende wurde zu seinem Ziel
So sprach er alleine zu ihr:
«Ich vertraue dir
Du hast mir gesagt, dass alles gut sein wird

Ich bin dein Schaf und du bist mein Hirt
Doch ich verstehe nicht
Meine Seele bricht
Ich bin zutiefst erschüttert
Du hast meine leere Seele mit Leben gefüttert
Und jetzt bist du weg
Hat das Leben für mich noch einen Zweck?
Ich möchte sterben
Und wieder mit dir neu geboren werden
Wegen dir werde ich meinen Wunsch nicht
umsetzen, ist wahrscheinlich auch besser so
Nein, es entspricht auch nicht meinem Niveau, du wärst gar nicht froh
Ich laufe mit weissen Schuhen
Gretchen, mögest du für immer in Frieden
ruhen
Du sollst dir keine Sorgen machen
Schliesslich wirst du auch im Totenreich
über mich wachen
Mein Herz ist für den Abschied noch nicht
bereit
So lebe wohl für eine lange Zeit»
Mit diesen Worten trottete er nach Hause
Und machte daheim eine lange, einsame
Pause

   Im Eigenheim betrachtete er die vielen Erinnerungsstücke
Sie lagen verstreut in der Wohnung wie Mücken
Das blaue Kleid, welches sie immer trug

Die Vase, die Blume, das Fell und jeglicher
Unfug
Alles gehörte Gretchen
Dem verstorbenen Mädchen
Und der Mann betrachtete das Bett
Ihm erschien das Möbelstück wie ein Toten-
brett
Darauf sah er seine Liebe in einer Illusion
Doch dies nur wegen seiner deprimierten Si-
tuation
Alles erinnerte ihn an sie
Jedes einzelne Objekt betrachtete er mit
Traurigkeit und gleichzeitig spendete es ihm
auch Energie
Er wollte Gretchen stolz machen
Und begrüsste ihren Geist jeden Tag mit ei-
nem herzhaften Lachen
Der Mann machte weiter
Und stieg zur Überbrückung der Traurigkeit
über eine Leiter
Zwar verschwand die Melancholie nie
Jedoch verging der fürchterliche Frust über
sie

   Anstelle von Gretchen ging er aus dem
Haus und half den Leuten
Die Bewohner mussten dafür nur eine Glo-
cke läuten
Und schon stand er da
Schneller, als jede Person jemals sah
Er fühlte sich gut und rein in seinem Gewis-
sen

Mit allen Kindern teilte er sein Wissen
Die Zeit verlief schön und gut
Doch im Dorf verfiel das System der Glut

Die Bewohner wurden von einer mysteriö-
sen Krankheit heimgesucht
Der Erreger traf ein wie eine Wucht
Die Leute erinnerten sich an das Ereignis
vor einigen Jahren
In jener Vergangenheit konnte Gretchen die
Siedlung vor dem Untergang bewahren
Und starb an einer Vergiftung
Am westlichen Waldrand bei der Gretchen-
lichtung
Die Bewohner sahen keine Hoffnung mehr
Sie zogen aus, hinaus übers offene Meer
Das Dorf glich einer Ruine
Und es verschwand die tägliche Routine

Die Seuche kam aus der Zusammensetzung
der Chemie
Sie entstand einst durch den Bau einiger
Häuser mithilfe der Alchemie
Steine, Lehm, Gras und der klebrige Trank
Kontasie
Mit diesen Materialien errichteten die Men-
schen die Siedlung voller Euphorie
Ohne die schreckliche Katastrophe zu ken-
nen
Die Siedlung konnte die Gase nicht stem-
men
Giftige Substanzen traten aus dem Lehm

Die Hand verschwand, kein Geradeaussehen
Das Atmen war schwierig
Das Leiden blieb langwierig

Trotz der Gefahren half der kleine Mann
Schliesslich ging es um Gretchens Stamm
Seine Energie beinahe verloren
Er fühlte sich wie tausend Mal geboren
Er schlich ins Bett
Und betrachtete das letzte Spiel auf dem
Schachbrett
Hoffnungslos schien die Situation
Es kam zu keiner Reaktion
Er dachte an seine Geliebte
Wie sie einst über die Welt siegte
Mit seinen vielen Facetten
Wurde ihm klar, er würde die Siedlung nie-
mals retten
Wer blieb, würde zusammenbrechen
Oder sich selbst ins Herz stechen

Auch wenn er sich am Vorabend mit sich
selber stritt
Teilte er den Bewohnern seine Gedanken am
nächsten Tag mit
Die Leute akzeptierten diese Entscheidung,
blieben jedoch stur
Sie sprachen zu ihrem Dorf den Todes-
schwur
Bis in den Tod wollten sie gehen
Und der Mann wollte nur noch sein Gretchen sehen

Enttäuscht vom Beschluss
Dachte sich der Mann, jetzt ist Schluss
Er verschanzte sich in seinem Haus
Der Helfer wollte nicht mehr hinaus
Sein Wille wurde mit der Entscheidung der
Bewohner gebrochen
«Wir lebten und wir sterben für dieses
Dorf», wurde gesprochen
Jede Rettungsaktion, die er wagte
Und jedes Mal auf ein Neues versagte
Drückte ihn zu Boden
Für seinen Ehrgeiz und Willen wollte er sich
nicht mehr loben
Es gab keine Hoffnung, für niemanden
Die Seuche verschlang jeden
Und da klopfte es behutsam an der Tür
Er überlegte kurz und sagte sich: «Ich zeige
den Leuten nicht meine Willkür
Ich bin ihre Seelsorge»
Er schlenderte zur Pforte

Der Mann öffnete sie und mit dem ersten
Spalt roch er den blumigen Duft
Der Ehemann spürte eine lebendige Luft
Er blickte Gretchen in die Augen
Und konnte der Realität nicht glauben
Er streichelte ihr sanft übers Haar
Um sicherzugehen, dieser Traum war wahr
Tränen flossen von ihren Wangen
Der gute Wille war nicht mehr von der Dun-
kelheit gefangen
Der gute Mann vergass seine Tat

Seine Gebete wurden erhört, um die er jeden
Abend bat
Da Gretchen in ihm die Hoffnung und den
Glauben neu entfachte
Und ihn zu den alten Wundern brachte
Er küsste sie
Leidenschaftlich und voller Energie
Und Gretchen bat um Hilfe und zeigte ihm
den toten Hund
Der Mann weinte Tränen und benötigte kei-
nen Grund
Er ergriff Gretchens Hand, zog sie ins Haus
und gestand ihr seine Hilfe zu
Er fragte: «Wozu?»
«Deine Geschichte mit dem Welpen muss
sehr bewegend gewesen sein
Er legte sich auf meine Brust wie ein Stein
Bewusst entschied sich der kleine Fratz für
den Tod und für das Wohlwollen der gesam-
ten Welt
Er erzählte von einem Wesen und es sorgt
dafür, dass die Erde fällt
Wir müssen sein Vorhaben unterbinden
Da ich und sicherlich auch du an seinem
Tod Mitschuld empfinden
Die Welt hängt von uns ab
Ohne uns bricht die Hoffnung auf Rettung
ab»
«Ganz egal wohin du gehst
Ganz egal wo du auch immer in zehn Jahren
stehst
Ich werde dich immer lieben und begleiten

Wir beide werden alle Gefahren gemeinsam
bestreiten
Wie du sagtest, ich fühle mich ebenfalls ver-
antwortlich für seinen Tod
Er erlag der Not
Ich schwöre dir meine Hilfe und Liebe
Und ich weiss, die Zuversicht feiert Siege
Doch aus Respekt zu meinem Freund und
dir
Sag ich hier
Ich möchte ihn tragen und ihn würdevoll be-
statten
Würdest du mir diese Ehre gestatten?»
«Ja, ich denke, du hast ihm einiges zu erzäh-
len
Den richtigen Zeitpunkt für den Abschied
musst du wählen»

   So machte sich das Paar auf den Weg in
den Wald, um die unheimliche Gestalt zu
suchen
Um das Wesen zu entfluchen
Sie folgten den wenigen Spuren des Wesens
Den kleinen Punkten des schwarzen Regens
Der Mann verschloss sich mit dem ersten
Schritt aus dem Haus
Keine Ablenkung brachte ihn aus der inne-
ren Welt raus
Er war komplett in einer anderen Gedan-
kendimension verschwunden
Und versorgte seine Wunden

Sein Bruder und sein Vater verschwanden
in der Dunkelheit
Ihn liess man bei einer fremden Familie in
der Helligkeit
Einsam und alleine
Die Gedanken alleine waren seine
Düster und verworren
Zum Wolfssucher auserkoren
Der Wolf holte ihn zu seiner Familie und zu
seinem Freund
Die Liebe entfachte neu
Der Junge und der Welpe tobten durch den
Wald
Warfen Stöcke, spielten mit dem Laub oder
entdeckten eine neue Gestalt
Oder schwammen im See gemeinsam hin
und her
Der Kranke und der Junge schliefen jede
Nacht nebeneinander
Sie waren zwei Herzen, die für einander
brannten
Das Bilde des nächsten Blutsverwandten
Der Junge spürte sein Herz pumpen und le-
ben
Und konnte dem Hündchen das gleiche Ge-
fühl geben
Beim Dorfe im Wald schossen alte Erinne-
rungen hoch
Er verschwand im verstrickten Netz im Loch
«Ich muss ein Wölfelein suchen
Ich muss es zumindest versuchen»
Und rannte weg und der Hund hinterher

Dem Jungen fiel der Abschied von seiner
neuen Familie nicht schwer
Getrieben von den Worten der Leute, rannte
er und verirrte sich oben auf den Berg
Die erbaute Hütte war sein Werk
Mit dem Ziel, das Wölfelein zu sehen
Und die Aufgabe zu verstehen
In dieser Zeit durchtrieb ihn das einsame
Gefühl
Jede Nacht war ihm kühl
Als wäre die Zeit mit dem Rudel nie gesche-
hen
Wollte er nur den Wolf sehen

   Und jetzt tat ihm seine Aktion aus tiefstem
Herzen leid
Für den Abschied war der Mann nicht bereit
Seine Reaktion geschah unbewusst
Und deswegen empfand er bitterlichen Frust
Gerne wollte er noch mehr mit seinem
Freund erleben
Doch diese Abenteuer würden sich nie mehr
ergeben
Daher betrachtete er ihren gemeinsamen
Schlafplatz unter den Wolken der Friedlich-
keit
Aufrecht stand er für den Abschied bereit

   In der Nacht kamen die Reisenden zu einem Dorf und der Mann erkannte die Siedlung sofort
Von dieser Bevölkerung lief er fort

Die Fackeln beleuchteten die Richtung
In der Mitte stand ein Feuer wie eine Lich-
tung
Sie legten sich im Kreise der Wärmequellen
hin und umarmten sich
Erfrieren wollten sie nicht
In der finsteren Nacht sahen sie zwei gelbe
Augen
Das Monster, an welches sie sofort beide
glaubten
Gemütlich zeigte sich die Gestalt
Ein Hund kam hervor aus dem Dorf im
Wald
Der Mann erkannte die Farben seines ande-
ren Bruders
Für den Mann wirkte das Erlebnis wie das
Schicksal eines Wunders
Der Bruder leckte ihn ab und wedelte erfreut
mit seinem Schwanz
Und auf dem Boden vollführte der Hund ei-
nen Freudentanz
Aus der Dunkelheit erschienen weitere
Hunde
Und zirkulierten um die Neuankömmlinge
eine Runde
Sie heulten den Mond an in dieser Nacht
Und legten sich zu den beiden Menschen,
die Wärme wurde entfacht
Im gemütlichen Lauf
Tauchte aus der Finsternis nun auch seine
Ziehmutter auf
Tränen stiegen dem jungen Mann hinauf

In ihrem Mund hielt sie Futter und er in sei-
ner Hand ihr totes Kind
Der durch-die-Welt-und-Lüfte-tobende-
Wind
Er zeigte ihr den Kleinen
Und sie begann bitterlich zu weinen
Sie packte das offerierte Kind und legte sich
zwischen die Personen
Ihr Kind wurde des Todes auserkoren
Ihre Zunge glitt über sein weisses Fell
Im Fackellicht leuchtete die Haut hell
Sie stupste ihr Kind mit der Nase und legte
ihren Kopf zwischen seine Pfoten
Als versuchte sie, ihren Sohn ins Leben zu-
rück zu lotsen
Doch seine Augen blieben zu
In die neue Welt entschlief er in aller Ruh

  Gretchen sprach der Hündin ihr Mitleid aus
Die Hündin beschloss, sein Grab entsteht im
Blumenbeet neben dem Haus
Alle waren einverstanden
Da die Lilien und Rosen als Zeichen des ge-
meinsamen Treffpunktes standen
Und die Hündin bot den Verliebten ihr Haus
zum Übernachten an
Die Hoffnung der Rückkehr des eigentlichen
Besitzers verrann
Sie nahmen das Angebot an
In Ruhe und Wärme entschliefen sie dann

Währenddessen die Mutter ihr Kleines beerdigte
Wofür sie Ruhe benötigte

Der Mann träumte von einer wilden Gestalt
In seinem Herzen pochte die Gewalt
Dessen Schrei durch die Wälder dröhnte
Und furchterregend, grässlich und kreischend tönte
Das Rascheln der Blätter
Unbequemes Wetter
Der Mann drehte sich zur Reizquelle
Und sah eine schwarze Welle
Sein Körper wie Dampf im Nebel
Und erinnerte sich bei seinem Anblick an eine Regel:
Zusammenhalten, wir sind eine Familie
Der Schlüssel unserer Blutslinie

«Nein, das ist nur ein Überrest seiner wahren Form
Seine Macht ist enorm
Er lauert hier oben auf dem Dach der Welt
Und sorgt dafür, dass die Erde fällt
Ich bin nicht fähig, ihn alleine zu besiegen
Er kann über den Boden fliegen
Ich benötige deine Hilfe in dem Fall
Wir haben keine andere Wahl
Triff mich oben und ich führe dich zu ihm
Ich hoffe, du kannst ihm den Fluch entziehn
Eine Lösung finden oder auf Gretchen warten

Mit eurer Hilfe kann er die Zeit des wahren
Untergangs nicht starten»

  Die Stimme verschwand und der Mann
wachte aus seinem Tiefschlaf auf
Er kroch zu den anderen Hunden raus
Die Erde war aufgewühlt und der Hund be-
graben
Die Lilie war das passende Symbol für ihn,
doch die Tragödie blieb schwer wahrzuha-
ben
Die Hündin wedelte mit dem Schwanz und
der Mann streichelte sie
Die Tiere waren traurig und gleichzeitig vol-
ler Energie
Ihr verschollenes Kind tauchte nach so vie-
len Jahren wieder auf
Es war ein glücklicher Verlauf
Der Junge sah in den Pupillen Ruhe
Sie leckten ihm an der Hose und am Schuhe
Legten sich auf seine Beine, stiegen ihm auf
die Schultern oder wollten bloss Zuneigung
Liebe stillte die innere Blutung
Ein brauner Hund brachte ihm einen Ast
Sofort verschwand die Last
Alle kamen und standen bereit, um den
Stock zu holen
Das Holz weit weg zu werfen, wurde ihm
empfohlen
Er nahm den dicken Zweig und warf ihn
weit weg auf den Platz

Vor Vorfreude sprang das Rudel mit einem
Satz
Und suchten den Ast
Sie kämpften um das Holzstück ohne Rast
Jeder wollte ihn haben
Die Hunde konnten für einen Moment die
Lasten begraben

  Jemand konnte den Zweig fassen und eilte
schnell zum Mann zurück
Ihr Freund schleuderte den Ast auf ein ande-
res Grundstück
Doch die Vierbeiner verloren das Interesse
am Spiel
Da ihnen das Rascheln der Bettdecke auffiel
Gretchen war kurz vor dem Aufwachen
Die Hunde reihten sich neben dem schlafen-
den Mädchen auf, denn sie wollten die Frau
bewachen
Der Mann schlich in die Hütte
Wodurch Gretchens Auge vor Zuversicht
glühte

  Der Mann näherte sich
Und grinste bei ihrem Anblick freundlich
Wie der Mann machte auch sie einen Schritt
Dann teilten sie sich gegenseitig ihre
Träume mit
Eine Stimme bei ihr und ihm
Die Entscheidung fiel, getrennte Wege zu
gehn
Er kletterte und suchte das Wesen

Und Gretchen ging der Spur nach, die Gestalt sollte genesen

Der Junge brach vom Dorfe mit einigen Hundekameraden auf und sie suchten eine Spur
In der weiten Welt der Natur
Der Mann versuchte, sich an den Ort des Traumes zu erinnern
Doch die Bilder waren nur am Flimmern
Im Walde Huschen, Rascheln und Geklirre
Die Geräusche machte den Mann kirre
Die Reize umzingelten die Sinne
Auf einmal hörten sie eine Stimme
Sie war keine menschliche und klang bedrohlich
Niemand war mehr fröhlich
Sie tönten nicht wie Wörter
Die Anspannung stieg in jedem Körper
Sie drehten sich um
Ein grosses Wolfswesen rannte stumm
Der Junge und die Hunde verfolgten das Tier
Die Gestalt verschwand ab der Sekunde vier
Die Gruppe taumelte weiter in die nordöstliche Richtung
Und sie sahen eine kleine Lichtung
Die Hunde verschwanden sogleich, da sie etwas rochen
Sie kämen zurück, haben sie versprochen

Regen und Donner, der Weltuntergang von
oben
Die weissen Wolken haben sich verzogen
Regen tröpfelte auf die Köpfe
Es gab keine verschonenden Geschöpfe
Der Junge sah eine Lücke in der Waldmauer
Herunter kam ein kalter Schauer
Der Mann schluckte und nickte
Da er das Wesen auf dem Berge erblickte

Sofort stieg er über die Felsen
Ihm kam es so vor, als könnte er hellsehen
Ein Schneesturm liess ihn vor Kälte erzittern
Es war eines der schlimmsten Gewitter
Die Schritte waren schwer, der Körper war
langsam
Er handelte vorsichtig und behutsam
Die Hände krallten sich an die Wand
So hielt er seinen Körperhaltung im aufrech-
ten Stand
Die Nase färbte sich blau-rot
Die Hände fühlten die Todesnot
Er sagte sich: «Immer weiter, Schritt für
Schritt
Einfach weiter mit jedem weiteren Fusstritt»
Er durfte nicht stehen bleiben
Ausser er wollte in der Kälte verweilen
Der Schnee fiel auf seine Haare, die Spitzen
waren steif und hart
Weder fluffig noch zart
Es war die reinste Qual, das schlimmste Er-
leben aufgrund der körperlichen Schmerzen

Er dachte an das Entfachen der abendlichen
Kerzen
Da gab er körperlich für einen Moment auf
Gretchens Bild zog ihn allerdings wieder
hinauf
Der Schneesturm hielt ihn nicht von seiner
Mission ab
Von ihm hing das Schicksal der Welt ab
Er blinzelte von der Schneeflockenwand zur
Spitze
Es gab ihm aber keine Energiespritze
Die Beine pulsierten vor Anstrengung, da
blieb er beinahe stehen
Er wollte um Hilfe flehen
Seine Stimme zitterte, doch er brachte kein
Wort aus seinem Mund
Hilfe brachte auch beinahe nicht das Bild an
den Hund
Seine Kraft verliess ihn schon bald
Gretchen gab ihm Halt
Mit Glück und ohne Wissen
Folgte er instinktiv seinem Gewissen
Der Mann klebte kämpferisch an der Fels-
wand
Bis er endlich oben auf seinen wackeligen
Beinen stand
Sein Körper schlotterte und er wäre beinahe
erfroren
Der Mann war in der grossen Welt verloren

Er war völlig benommen, keine Reize
konnte er noch wahrnehmen
Und er konnte das Tier hinter ihm nicht sehen

Er verlor das Bewusstsein und kippte um
Der Schneesturm bedeckte ihn stumm
Das Wesen sah den Mann
Weswegen ihn das Geschöpf mit sich nahm
Nach einer Weile erwachte der Mensch zwi-
schen einigen, warmen, weissen Fellen
Jetzt musste er eine Entscheidung fällen
Gut oder schlecht
Ein Adler oder ein Specht
Ein Kopf schaute ihn an, dessen Zunge ihm
über die Wange strich
Wodurch die Angst entwich
Der weisse Tiger und seine Familie
Mit sehr hilfsbereiten Utensilien
Der Tiger war ihm bekannt
Auch er war mit Gretchen und ihm sozusa-
gen verwandt
Der Mann bekam etwas zu essen und sah
weitere Tigergenossen
Keiner von ihnen war verschlossen
Im Ohr ertönte der Wind
Der schlimmste Blizzard wütete, nackte Fel-
sen verschwanden geschwind
Und der Junge rappelte sich vom Boden auf
Diese Tat wiederspiegelte seinen gesamten
Lebenslauf

Von jedem Tiefschlag hatte er sich erhoben
Für seinen Eifer konnte man ihn nur loben
Er sagte: «Ich muss ein Wesen finden
Da wir uns in einer grossen Gefahr befinden
In welcher Lücke er sich auch versteckt
Weisst du, wo er steckt?»
Der Tiger nickte und erhob sich
Sowie die Angst, die von seinem Auge wich
Er trat hinaus aus der Höhle in den Schnee
Er ging weg vom Höhlensee
Der Mann folgte dem Tiger aufmerksam
Über das Weiss vorsichtig und langsam
Schwarze Spuren bedeckten die Oberfläche
Das Anzeichen einer Schwäche
Sie sahen immer mehr Flecken
Hier musste sich das Wesen irgendwo ver-
stecken

Und tatsächlich
Da stand der Schatten gefährlich
Das Monster eilte zu den Beiden
Man sah sein grosses Leiden
Die Wut, die Traurigkeit, die ihn umgab
Der Mann benötigte beinahe einen Stützstab

Sein Aussehen glich dem Boten des Todes
In den Augen schien etwas Rotes
Und der Nebel, der von ihm wich
Erzählte von seinem Todesstrich

Das Wesen breitete seine Arme aus und
packte zu
Sofort kam die Ruh
Der Mann erkannte nur noch Dunkelheit
Blitzschnell wurde er vom Schnee befreit
Er war alleine
Und eingeschlossen im Reich der tausend
Steine
Die Kratzer an seiner Haut spürt er nicht
Die Verdammnis löschte jegliches Licht

Er sprach: «Was auch immer du versuchst
zu sagen
Ich möchte deine Rettung wagen»

«Retten?
Verstecken
Ruder
Bruder»

Und das Wesen offerierte dem Mann ein
Bild auf dem See
Ein Vater, zwei Kinder und viel Klee
Die Geschwister und der Vater schauten sich
an
Der Kleinere sang
Und ass ein Stück Brot
Er hustete in grosser Not
Vater und Bruder verschwunden
Es entstanden zwei offene Wunden
Der See färbte sich schwarz, die Wolken
wurden dunkel

Aus der Ferne glomm eine Wurzel
Er schwamm zum Ufer
Die gesamte Zeit dachte er an seinen Bruder

«Bruder
Ruder!»

Der Mann spürte die Krallen unter seiner
Haut
Daran hätte er nicht einmal im Traum ge-
glaubt
Das Monster drückte ihn zu Boden
Er spürte seine wilde Seele toben
Die Pein stieg mit einem Schlag
Da er erkannte, welcher Qual sein Bruder
über all die Jahre erlag

«Solange hat unser Vater dich gesucht
Er hat deine Rettung zuerst versucht!
Er brach auf, um dich zu finden, um das
schlimmste Schicksal zu verhindern
Er wollte deinen Schmerz lindern
Die Bewohner, allesamt
Gehören in die Verdammnis verbannt
Doch eine neue Zeit hat begonnen
Millionen Tränen sind geronnen
Und du kannst jemand anderes sein
Lass los von deinem Sein
Ich kenne dich seit deiner Geburt
Du bist auf den falschen Weg gespurt
Dein Lächeln übertraf das ganze Land
Eine reine und zärtliche Hand

Dankbar für alles und jeden
Du solltest mit uns leben
Keine Vernichtung und kein Leid
Bist du für diesen Schritt bereit?»

«Schwimmen
Entrinnen
Tauchen
Rauchen»

«Du musst nicht so sein
Du bist kein Stein
Es ist ganz alleine deine Wahl
Komm, überwinde die tiefe Qual
In dir steckt Gutes
Öffne das Fenster deines Mutes»

«Nein
Gemein
Brot
Not
Des Tötens und Leids
Das Gift lebt bereits»

«Du bist kein Monster, alles nur ein Zauber
Du bist in deinem Herzen unschuldig und
sauber
Sei es Gift oder eine andere Substanz in der
Art
Deine Seele wird von der Gefahr bewahrt

Komm, reich mir deine Hand
Und komm mit mir zurück ins glückliche
Land»

«Bruder
Wunder»

Die Nacht verflog
Es war der Mann, der seinem Bruder die
Dunkelheit entzog
Es wurde ruhig, die Finsternis verschwand
Im Schnee lag eine Person im schwarzen
Gewand
Tiger und Person schauten sich an
Und waren sich sicher, dass das Monster den
Kampf gegen sich selbst gewann
Langsam wateten sie zu dem Menschen hin
Er wirkte wie ein kleines Kind
Unbeholfen und ahnungslos
Die Erleichterung war gross

Das Gewitter tobte weiter
Der eigentliche Sorgebereiter
Grüne Streifen leuchteten im Himmel
Blaue Flecken blitzten auf wie beim Schim-
mel
Zum ersten Mal war die Kuppel ersichtlich
Sie war wunderschön und zugleich widerlich
Blitze schlugen auf die Hülle
Und sie sahen den Krater über dem Wald
aufleuchten und zersplittern in der farbigen
Fülle

Wie Sternenstaub, der vom Himmel nieselte
Und die Barrierefreiheit beinhaltete

Die Macht war gebrochen
Das Verbrechen war durchbrochen
Der Fluch war vorüber
Sie schauten zur Klippenwand hinüber
Gretchen erklomm den Berg und der Mann
rannte auf sie zu
Er war froh und fragte sich, was würde er
ohne sie tun
Gemeinsam wateten sie zu seinem Bruder
Es wirkte alles wie ein Wunder

Und Gretchen sprach:
«Jetzt bist du wach
Blumen und Pflanzen welken zur rechten
Zeit
Wellen für und an die Ewigkeit
Beschützen und versorgen
Um für eine Aufgabe zu sorgen
Und das Leid von der Vergangenheit rück-
gängig zu machen
Um ein neues lebendiges Feuer zu entfachen
Die Hilfe bekommen
Die Sorgen genommen
Du bist mit deinem Bruder vereint
Schau, wie er weint
Glücklich und froh
Er freut sich so

Das Böse kommt nicht wieder
Ihr könnt ein neues Leben beginnen, wo
auch immer»

«Nein, wir bleiben bei dir
Du und ich sind ein Wir
Ich liebe dich
Ich brauche dich
Ganz egal wo du auch hingehst, ich folge dir
Gretchen, mit meinem Herzen hier»

«Das Dorf braucht mich nie wieder
Die Hoffnung braucht neue Lieder
Ein krankes Wesen benötigt mich
Es ist sehr krank und verletzlich
Durch meine Vorfahren ist sein Leid ent-
standen
Ich möchte Genugtuung landen
Es ist meine Pflicht, für den Baum des Le-
bens zu sorgen
Um ihm ein Herz zu borgen
Er hatte viele, doch alle sind verschwunden
Es ist die Geschichte seiner Wunden»

Sein Bruder bejahte ihre Worte: «Lachend
und tanzend habe ich ihn gesehen
Er wollte um Hilfe flehen
Ich stand unter seinem Bann und gleichzei-
tig nicht
Er überreichte mir ein hoffnungsvolles Licht
Auch ich möchte dienen
Ich will dem Glück nicht entfliehen

Er erzählte vom Paradies
Welches sich in der Vergangenheit als wahr
erwies»

«Ich habe das Glück gesehen
Ich kann seine Enttäuschung und seinen
Frust verstehen
Ich helfe ihm
Dieser Aufgabe kann ich mich nicht ent-
ziehn»

«Gretchen, ich folge dir und sage
Hier und jetzt keine Klage
Du siehst, wir werden alle dem Baum helfen
Es scheint wie verschiedene Welten
Doch im Grunde genommen sind sie gleich
Beide Welten sind reich»

Der Tiger nickte und verschwand
Hinter der weissen Schneewand
Sie liefen gemeinsam zum Baum
Er schenkte den Neuankömmlingen sofort
Vertraun
Der Baum bekam neue Blüten, neues leben
Die Helfer konnten dem Baum neues Leben
geben
Und immer mehr Leute erschienen
Alle Personen blieben
Die verdammten Wesen erschienen in ihrer
normalen Gestalt
Und lebten glücklich und zufrieden ihr Le-
ben im Wald

Aller Anfang

Zuerst herrschte das Nichts in der Welt
Es gab nur das Licht, welches alles erhellte
Durch diese Kraft wuchsen Bäume
Genau ein einziger Baum hatte Träume
Ein kleiner Strunk mit Weisheiten und der
Sehnsucht
Nach einem Freund oder Familie, die er
suchte
Doch keiner erschien über die Jahre
Die Baumfläche betrug mehr als hunderttau-
send Aare
Und er galt als einziger mit Gedanken, Wün-
schen und einer Stimme
Er besass eine braune, glatte Rinde
Die einen nannten seine Geschichte als
Glück
Doch er wollte nicht zurück

  Vulkanausbrüche liessen die Bäume ver-
brennen
Der Baum musste sich von seinen Freunden
trennen
Das Höllenfeuer hinterliess nur Asche ausser
einen
Und er war am Weinen
Keiner da und durch seine Tränen
Kamen aus dem Boden wunderschöne Dra-
chen mit spitzen Zähnen

Der Baum erkannte seine Macht
Er gestaltete seinen Traum in wunderschöner Pracht

   Elfen, Zwerge, Bäume, Natur, Menschen
und Tiere
Ihre Entstehung schrieb der Baum auf die
Rinde statt dem Papiere
Alle verstreuten sich in der Welt und man-
che bildeten Rudel
Nymphen, Vregale und Meerjungfrauen im
Wasserstrudel
In den Wäldern die Tiere, Hendaren und El-
fen
Wollten der Natur mit ihren Zauberformeln
helfen
Die Zwerge, Drachen und Harpyien zogen
auf das Gebirge
Wodurch der Veneraberg erklang und die
Luft flirrte
Die Menschen errichteten ein Dorf mit Ma-
terialien aus der Natur
Sie lebten in Häusern und jedes hatte eine
andere Struktur

   Alle Lebewesen zollten dem Baum Tribut
Sie schworen ihre Dienste mit ihrem Blut
Der Baum und die Wesen beschlossen, ein-
mal pro Jahr ihre Schöpfung zu feiern
Niemals sollte das Fest scheitern

Sie tanzten und lachten mit Musik in Harmonie
Es war eine herrliche Symphonie

   Dieses Fest alle Jahre wieder
Jedes Mal verstummten die Lieder
In Dunkelheit und Trauer
Angst vor dem dunklen Schauer
Der Baum war so traurig wie noch nie
Seiner Macht fehlte die Energie
Die Einsamkeit plagte ihn
Er wollte zu einem Volke ziehn
So sehr er sich den Wunsch wünschte
Er konnte weder zu den Menschen, ins
Zwergenreich oder zur Nymphe
Er war gefangen an seinem Platz
Die einzige Ablenkung gab ein Spatz
Wie er auf dem Baum zwitscherte
Und den Baum vor sich selbst rettete
Doch auch der Vogel verschwand
Schon hatte der Baum den gleichen Stand
Die Wesen stritten sich
Es wurde hässlich
Wodurch die Menschen, Elfen und Zwerge
die Aggression gebaren
Zwerge, Elfen, Menschen und Tiere starben
Durch die Wurzeln trank der Baum Blut, in
jeder einzelnen Minute
Auf dem der Krieg jahrelang ruhte

   Der Baum, war in den Gedanken ertrunken
Die Hoffnung auf Liebe war gesunken

Seine Kraft war schwach
Und alles andere, nur nicht wach
Es war ein schlechtes Omen
Es herrschten drei Kronen
Die alle ihre Interessen hüteten
Naturkatastrophen wüteten
Der Baum des Lebens hatte einst die Welt
im Griff
Das Bluten gab ihm einen Herzensstich
Schneefall, Erdbeben, Vulkane, Donner,
Blitze
Orkane und ein gespaltener Himmel bildeten
die Spitze
Das Jahresfest stand an
Alle Lebewesen kamen ran
Sie alle sahen den Baum
Und beschlossen, hier leben zu wollen im
nahen Lebensraum
So zogen alle Lebewesen her mit der Schuld
in den eigenen Augen
Sie gaben niemals auf, an die Hoffnung zu
glauben
Alle Lebewesen halfen mit, es war vorbei
Keine Laute mehr des Kampfes und eines
Todesschreis, sie erkannten, sie waren frei
Sie lebten in Frieden
Das Leben ausserhalb des Waldes wurde
nicht verschwiegen
Doch die Pflicht rief
Da der Baum schlief
Ihre Anwesenheit bekam er mit
Es war ein guter Schritt

Der Baum erwachte
Und sah, wie jede Person lachte
Ausserhalb der Festzeit
Die Leute waren für einen neuen Lebensab-
schnitt bereit
In der Nähe des Baumes im Walde
Mit der Stimme, die hallte

Die Leute gossen ihn mit Wasser und Saft
Vereint mit der Nahrung bekam der Baum
neue Kraft
Sie umarmten ihn, als wäre er die wichtigste
Person im Leben
Und wollten mit ihm über die Entstehung
der Welt reden
Vom Licht und dessen Ursprung
Die Erde war jung
Und vom Feuermeer aus den Vulkanen
Die Blätter des Lebens als Zeichen der unbe-
grenzten Fahnen
Des Glückes als Hoffnung und Zuversicht
Er gab den Leuten ein Gesicht
Mit grosser Faszination hörten die Leute
Mit der Freude, die sich jede Person an den
Stellen erfreute

In einer dunklen Nacht kam es zu einer Ab-
machung
Zwischen einem Tiger und eines Wolfes für
deren Erwachung

Den beiden Wesen schenkte er einen Teil
seiner Macht
Mit dem Mond waren zwei neue Freunde erwacht

  Mit der Zeit verschwanden die vergange-
nen Wesen und zurück blieben Mensch und
Tier
Wegen der Katastrophe Nir
Unbewusst ausgelöst, das wusste der Baum
Die Magier hatten die Winde nicht im Zaum
Eine Eiszeit traf ein
Elfen und Zwerge schrien und verloren ihr
Dasein
Dem Baum tat dieser Fehltritt leid
Ihn band ein alter Eid
Da in der Kraft noch viel mehr Substanz
verweilte
Weswegen er seine Magie aufteilte
Er wollte nicht mehr die gesamte Macht
Seine Entscheidung, die Menschen und
Tiere an sich zu binden und dafür übergab er
ihnen einen Teil der Pracht

  Doch diese Macht löste Probleme aus
Alle Menschen gaben den Baum erneut auf
Wolf und Tiger schickte er los
In ihren Händen war die Verantwortung
gross
Den Tiger schickte der Baum in die Berge
Dem Ursprung des Bösen auf seinem Werke

Ihm übertrug er die Reinheit, das Wort Be-
schützer
Er war kein Ausnutzer
Dem Wolf gab das älteste Wesen einen Auf-
trag
Er wanderte jeden Tag
Alle Lebewesen verteilten sich in der gros-
sen Welt
Alle lebten, wie es ihnen nur gefiel

   Der Baum lebte alleine
Die Erde vertrocknete und übrig blieben nur
noch Steine
Die Nährstoffe fehlten
Seine Schritte zur Einsamkeit den Baum
quälten
Und er fragte sich wie
Warum quälten sie ihn mit seiner Energie
Er ging ein
Die Farbe schwarz, die ihn ummantelte, war
kein Schein
Seine Realität glich seinem schlimmsten
Traum
Daher verschloss er mit einer Mauer um ihn
seinen Raum
An dem Ort, an dem das Fest stattfand
Eine Ruine stand am Rand
Die Wurzeln und Äste verteilte er
Abschied zu nehmen, fiel ihm schwer
Und er hörte eine traurige Stimme flehen
Ein Junge wollte den Tod sehen
Weswegen es ihn zu sich führte

Und er seinen Körper berührte
Ein Junge schon beinahe herzlos und
schwach
In seinem Körper war ein Lebensmittel
wach
Ein Griff durchströmte seinen Körper
Er schenkte ihm seine Wörter:
«Ich kenne dein Leid, mein Freund
Ich kenne die Kette, die dich einzäunt
Komm zu mir, ich helfe dir
Komm, vertraue mir
Wir reden und ich helfe dir, diese Qualen zu
überstehen
Du musst nicht nach dem Tode flehen
Ich leite dich zu mir
Folge dem Faden hier
So findest du mich
Ich rette dich»

Der Baum wartete auf den Gast
Er bemerkte seine unbequeme Last
Das Lachen, die Nahrung
Es war eine ähnliche Erfahrung
Doch er sah auch seine Macht
Die Spur seines Fehlers in jener Nacht
Das letzte verlorene Stück
Der Baum wollte die verratene Kraft zurück
Verfluchtes Brot von der Prinzessin
Einer bekannten Freundin
Die Tochter des Königs, ein Verräter der
Vergangenheit
Mit dem Unheil seiner Zeit

Dem Baum fielen seine wütenden Augen auf
Es war von Anfang an, ein Wettlauf
Jedes Mal, wenn er den Baum anschaute
Fühlte er Verachtung, da er ihm vertraute
Sein Blick sah in eine andere Richtung
Geboren bei Nirs Rettung bei der Lichtung
Wo alles anfing mit der Katastrophe
Jetzt besass dieses Geschlecht die Höfe

Der Baum spürte die Anwesenheit der Gegenwart
Und hörte das Pochen der zerbrechlichen Lebensart
Der Junge war da
Der den Baum endlich sah
Er öffnete ihm die Türe ins verlorene Paradies
Welches den Baum verliess
Seine Wurzeln streckte er zum Gift
Die Haken dienten als Lift
Mit der Berührung das Entsetzen
Er konnte das Gift nicht mit Gutem ersetzen
Daher versuchte der Baum, ihn zum Druiden zu verwandeln
Um das Gift auf diese Weise zu angeln
Dabei blickte er in seine Vergangenheit
Die Hänseleien, Gelächter, Liebe, das Licht jener Zeit
Die Sterne, die Farben wie die Unendlichkeit
Der Zauber der Verderblichkeit

Eine Hülle zur Bestrafung
Zur Vernichtung
Die Energie war seine
Der Junge und der Ballon hingen an seiner
Leine

  Bei der Hälfte der Verwandlung
Kippte die Stimmung
Der Baum verlor das Gift und der Junge
tobte
Schnell ergriff der Baum Massnahmen, die
Geschichte, weswegen er seine Stimme
holte:
«Es ist alles okay, ich tu dir nicht weh
Das sind nicht dein Vater und Bruder auf
dem See
Die Wirklichkeit sieht anders aus
Tauche auf
Lass die Fata Morganen verblassen
Du wirst deine Familie nicht hassen
Du bist nicht der hilflose Junge
Wehr dich mit deiner Zunge
Ich helfe dir, du musst mir nur vertrauen
Ich werde auf deine Gesundheit schauen
Du sahst meinen Kummer
Die Zahlen stehen als Nummer
Ich versuche zumindest, dir das Gift, deine
Verstimmung zu nehmen
Danach werden wir weitersehen»

Der Baum wartete nach dem Gedanken
kurz, bis die Verwandlung abgeschlossen
war
Welche ein grosses Risiko war
Doch der Junge riss sich davor los
Seine Sorgen waren gross
Weder Mensch noch Druide
Ein Schatten trat aus der Schmiede
Das Monster rannte los
Seine Sorgen waren immens gross
Er konnte ihm weder helfen noch ihn kon-
trollieren
Der Baum konnte den Kampf nur verlieren

Monate vergingen und da rief eine weitere
Stimme
Welche schon bald am seidenen Faden hinge
Ein junger Mann am Strand
Er suchte eine helfende Hand
Der Liebeswille, weswegen er litt
Bewegte den Baum zum gleichen Schritt
Er nahm Kontakt mit der Seele auf, da sich
sein Gedanke immer im Kreis drehte
Und hörte, wie er nach dem Ausweg flehte
Der Baum holte ihn ran
Indem er dem Mann ein Liedchen sang
«Wasser, Feuer, Asche
Eine kleine Masche
Ein Leben wie deins
Ist die Basis deines Daseins
Zu Wasser wird das hier
In der Flamme wohnt die Gier

Der Aschestrom entfacht
Verbreitet ihre Pracht
Asche nehme ich auf
Schicke die Glut zum Wasser rauf
Worte sehen gut aus
Die Tat der kleinen Maus
Feuer-, Wasserwandel
Weg vom Lebenshandel
Entscheide dich, komme her
Verletzungen nie mehr»

   Der Mann trat aus den Schatten
Und sah die eisernen Platten
Ihn berührte der Baum
Der Wandel vollzog sich im Nu
Der Körper hatte nie Ruh
Seine Vergangenheit war schwer und traurig
Seine Qual war schaurig
Doch er fühlte eine unbestimmte Quelle
Es war seine Energiewelle
Der Baum ging die Gespräche durch und sah
einen unbarmherzigen Mann mit seiner
Kraft
Da war die Verwandlung geschafft

   Der Mann wurde zu einem Werwolf, fried-
lich und froh
Er war glücklich so
In dieser Gestalt
Rannte das Wesen in den Wald

Der Baum holte sein Vertrauen
Da seine Sinne an diese Geschlechter glaub-
ten
Der Tiger hörte den Ruf und stellte eine
Verbindung zum Baum her
Der Baum erzählte von der Person der
Macht, der Kuppel und noch mehr
Der Tiger soll losgehen und diese Person tö-
ten
Um seinen Energiezustand aufzustocken,
war dies von Nöten
Der Tiger verstand den Auftrag
Den ihm der Baum gab

Weitere Rufe traten ein
Sie sagten, das Monster sei gemein
Jede verlorene Person holte der Baum her
Ganz egal von welchem Ort, ob vom Land
oder Meer
Jedem Lebewesen half er, so gut er konnte
Egal ob Frau oder Mann auch vom entfern-
testen Horizonte
Doch nicht alle erreichten den Baum
Auf der Wegleitung kam der Albtraum
Der Baum hatte den Jungen nicht im Griff
Er versank jedes Schiff

Jeden Tag versuchte der Baum des Lebens,
eine Verbindung zu ihm aufzubauen
Doch der Schatten wollte der Stimme niemals vertrauen
Lange passierte nichts mehr

Keine Person kam noch her
Weswegen er die Hoffnung verlor
Und dennoch verschickte er weiterhin den
Weg zu seinem Tor
Doch er blieb ohne Erfolg
Niemand wollte das grüne Gold

  Der Baum, der alles hatte
Liegende Freunde auf einer Blättermatte
Spriessende Knospen in allen Farben
Mit den Leuten, die ihn umgaben
Umarmungen, Erzählungen und Glück
In diese Zeit versetzte sich der Baum zurück
Alle Lebewesen lebten friedlich
Eine Spinne galt nicht als hässlich, sondern
als niedlich
Keiner mit bösen Absichten
Wie ihm die Wurzeln berichteten
Die Feste in der tiefsten Nacht
Das Entfachen des Feuers unter der Sternen-
pracht
Tanzen und Gesang
Die Stimmen mit den Schritten und dem Ra-
scheln ergaben einen harmonischen Klang
Die Siedlung im Urdorf erbaut
Niemand wurde jemals beklaut
Bis das Feuer die Asche ablöste
Die Feste waren das Schönste
In der Harmonie verlor sich der Baum
In seinem Tagestraum

Nach kurzer Dauer hörte er eine verlorene
Stimme
Er sah in ihren Gedanken traurige Dinge
Der Baum des Lebens nahm Kontakt zur
Person auf
Seine Energie führte das Kind zu ihm hinauf
Der Baum sah ein Mädchen in Weiss
In ihrem Inneren erkannte er einen traurigen
Kreis
Die Sorge der Welt
Themen wie Zerstörung, Macht und Geld
Die Sorge um das Wesen
Und sein Genesen
Ihre Trauer um ihren Vater, wie er lebte
In der Gestalt, in der er sich bewegte
Das Erkennen an der Schuld
Er sah ihre Geduld
Ihre Gedanken sagten ihm, sie sei verant-
wortlich für seinen Tod
Wodurch sie sich löste von der Not
Der Baum erkannte ihre List
Ihn überkam ein alter Zwist
Weswegen er die Mauern verschloss
Niemand verletzte je wieder seinen Kosmos
Es war sein Schutz vor Gefahren
Die im Walde lagen

Das Mädchen sprach leise und sanft
Der Baum verspürte von ihrer Seite keine
Angst
Und sie überraschte ihn

Des Verräters Enkelin wollte helfen und
nicht fliehn
Ihre Reinheit war spürbar wie der Wind
durch die Blätter
Allerdings noch netter
Der Baum fragte sich wieso?
Warum war sie so?
Schuldgefühle flossen in der Vergangenheit
in ihrem Blute
Er sah die Hoffnung, die auf ihr ruhte
Seine Neugier wuchs und liess sie hinein
Sprach sie die Wahrheit oder war dies ein
weiterer Lügenschein?
Nein, ansonsten wäre sie nicht rein
So wie sich das Mädchen verhielt, musste
sie es sein
Das Mädchen trat ein, schaute sich um und
verband die ignorierte Wunde vor Jahrzehn-
ten
Dessen Verletzung, die die alten Bewohner
niemals ersehnten
Seine Wut auf ihren Grossvater verschwand
mit ihren Worten
Sie öffnete mit der Vergebung und einer
Frage die Pforten
Das Mädchen sagte: «Neu geboren»
Der Baum war sichtlich schon längst in sei-
nen Gedanken verloren
Schutz und Angst zurückzulassen und die
Farbenpracht offenbaren?
Die gesamte Schönheit erneut aufzuleben,
die in der Vergangenheit lagen?

Und neu erwachen?
Das Mädchen wollte seine Schönheit bewahren und mit dem Baum lachen?

Er sah in ihren Gedanken ein Flehen und
eine Absicht
Das Wesen und der Baum sollten zurück in
das Licht
Der Schatten der Vergangenheit
Wurde erneut befreit
Ein Schicksal, sowohl Segen und Fluch
Der Baum erklärte: «Die Seele ist wie ein
Buch
Sein Aussehen ist seine Entscheidung
Ich helfe dir bei seiner Befreiung
Ich löse mein Siegel
In seinem Körper hängt noch ein weiterer
verschlossener Riegel
Ein Schloss von meiner Macht und doch
nicht meine
Diese Kraft drückte das Wesen runter, als
trüge der Junge Steine
Ich hoffe euch gelingt die Mission
Es ist eine gefährliche Aktion»

Mit diesen Worten entliess der Baum das
Mädchen
In seinen Gedanken sprach er ihren Namen:
«Gretchen»
Sie ging los und er vertraute der Person
Und der verlorenen Seele Sohn

Der Baum stiess die Mauern ein
Er spürte seit Jahren keinen Sonnenschein
Dennoch erfreute ihn der Regen
Regen bedeutete Leben
Die schwarze Farbe perlte langsam ab
Durch den Regen wurde der Baum satt
Er war sich sicher: «Sie war die Person, ge-
wiss»
Die Wassertropfen flossen über den Riss
Durch die Blätter tobte der Wind
Wild und geschwind
Der Baum hatte keine Verbindungen mehr
zu allen Gestalten
Jetzt konnte er sie nicht mehr verwalten
Die Wesen verwandelten sich zu Menschen
zurück
Dies war ihr Glück
Der Baum merkte, wie die Energie zu ihm
wollte
Da sie ihren Besitzer wählte und ihm Res-
pekt zollte
In dem Moment wusste er, die Gefahr war
vorbei
Er vernahm den erlösenden Hoffnungsschrei
Zudem fühlte er die ersten Sonnstrahlen seit
Jahren
Die zwischen der Mauer und dem heutigen
Tag dazwischenlagen
Die erste Brise kam und sie tat gut
Endlich, nach so vielen Jahren spürte er wie-
der Mut
Seine Erkenntnis der Taten

Er hatte das Leben verraten
Die Spiele, die Verwandlung, die Bindung
Für dieses Wissen benötigte der Baum eine
grosse Überwindung
Jetzt mit seiner Macht
Mit der Absicht, dass er über das Leben
wacht
Diese Stärke und Verantwortung für das
Gute
Die beiden Enden einer Route
Mit der Hand im Himmel und dem Fuss auf
dem Grund
Für den Menschen war zu Herrschen unge-
sund
Und er dachte daran, die Macht aufzugeben
Die Welt sollte selbstständig leben
Der Baum begriff
Den Zünder der Welt hielt er im Griff
Ohne Macht könnte er niemanden retten
Niemanden beschenken mit geflochtenen
Halsketten
Jemandem die letzte Hoffnung geben
Er verbaute in jedem Lebewesen den Trieb
vom Überleben
Der Gier, des Schmerzes und Gefühlen
Er wollte sein Werk nicht weiter berühren
Daher beschloss er, die Macht zu behalten
Und dem Menschen selbst die Möglichkeit
zu geben, um über sein Leben zu verwalten
Der Baum wollte nur noch reagieren
Die Welt durfte mit den Menschen nicht er-
frieren

Tief in ihnen waren sie nett
Alle wollten zeigen, was in ihnen steckt
Der Baum kannte das eigentliche Problem
Daher konnte der Baum über seine Macht
nicht hinwegsehn

In dem Moment kamen Gäste, allesamt aus
einem Dorf
Dem Dorf mit dem vielen Torf
Der Baum gedieh durch ihre Hilfe und Für-
sorge
So verschwand seine Sorge

Das Wetter, die Sonne gleisend rot
Sie glitt wie die Blätter als Boot
Vogelgezwitscher und Freude
Erlebten die Leute heute
Mit dem Wissen
Sie werden den Baum niemals mehr vermis-
sen
Er beabsichtigte, das Vermisstwerden
Für die Leute musste der Baum einst sterben
Jeder Person, die dem Tode nahte
Zeigte er sich, wodurch er seine Existenz be-
jahte
Um zu Wissen
Aus Blättern waren ihre ersten und letzten
Kissen
Er zog die Seelen an sich ran
Und verführte sie in seinen Bann
Da er sie niemals verliess
Trug er sie in sein Paradies

Böse Zungen

Im Schlamm und Dreck geboren
Während der Geburt die Mutter verloren
Lebten er, sein Bruder und der Vater auf der
Strasse
Niemand betrachtete dieses Leben als Strafe
Sie schwammen im See, ruderten, tollten
herum
Um sich zu beklagen, gab es keinen Grund
Nahrung bekamen sie knapp zusammen
Jedes Mal wenn die Goldglocken erklangen
Beim Spielen beim Königssymbol
Fühlten sich die Brüder wohl
Den Arbeitern und dem Künstler zuschau-
end
Erhielten sie vertrauen, der Wolf wirkte auf-
bauend
Zudem die Frau, die dem Manne sehr nahe
stand
Überreichte sie den Brüdern jedes Mal ihre
Hand
Bei jedem Besuch
Verteilte sie an die Jungs Brot und las eine
Geschichte aus ihrem Buch
Doch das Brot schmeckte nicht mehr so fluf-
fig wie damals
Und trotzdem schlangen sie sich das Nah-
rungsmittel in den Hals
Die Frau blieb und der Junge wurde krank

Seine Lebensenergie sank
Der Vater brachte ihn zu allen Ärzten der
Siedlung
Die Mediziner antworteten mit der Türver-
riegelung
Bei der Frau, der Geliebten des Künstlers,
fand er Hilfe, doch nur bedingt
Da sie dem Jungen Liedchen vorsang und
der Gesang erfreute das Kind
Heilen konnte sie ihn nicht
Sie sah in ihm einen Jungen und keinen
Wicht
Er liebte ihre Art und Weise, wie sie ihn be-
handelte
Da er mit breitem Munde lachte
Trotz der Bauchschmerzen, die ihn quälten
Weshalb ihn die Bewohner als Schandfleck
und Grund des Leides auswählten
Die Siedler mochten den Jungen nicht
Ihnen missfiel sein Gesicht
Er liess sich nicht beirren
Auch wenn ihn die Aussagen verwirrten
«Todkrank und lebendig
Als Ursache des Untergangs verewigt»
«Das Kind des Todes
Das Kind des Neumondes»
«Wann kratzt du endlich ab?»
«Komm, ich hack dir deinen Kopf ab»
«Nein, lass dich nicht infizieren
Ich will dich nicht wegen seiner Viren ver-
lieren»

«Es muss eine Lösung her
Ich habe eine Idee, wir machen dem Jungen
das Leben schwer!»

Haken wurden gestellt
Fussfallen und Quälereien erstellt
Getreten und geschupst
Der Junge war jedes Mal verdutzt
Die Leute begannen ihn auszulachen
Oder mit Beleidigungen wollten sie seine
Niedertracht entfachen
An Gräueltaten wollten sie niemals sparen
Der grosse Bruder wollte seine Würde be-
wahren
Und stellte sich gegen die Menschen des
Dorfes
Gegen die Besitzer und Händler des Torfes
Doch die Einwohner hänselten den Jungen
weiter
Er, der Hassleiter
Er hasste die Menschen, er verstand sie nie
Ihn durchtrieb eine hasserfüllte Energie
Gemischt mit Trauer und Frust
Er hatte auf nichts mehr Lust
Wochenlang blieb er am selben Fleck sitzen
Währenddessen seine Hände in das Holz
eine Nachricht ritzten
Sich vor den Leuten zu verkriechen, war un-
möglich
Das Gerede der Leute machte die Ruhe nie
möglich

Doch sein Vater wusste von seiner schlim-
men Lage nichts und machte sich sorgen
Sein Leidensweg blieb ihm verborgen
Daher beschloss er, zum Fest zu gehen mit
seinen Kleinen
Die sagten ja und wollten im selben Moment
auch weinen
Geschwächt und ohne Vertrauen lief der
Junge zwischen den Bänken entlang
Währenddessen in seinem Ohr die Melodie
erklang
Eine Person hielt den Jungen auf
Und zog ihm die Unterhose bis zum Kopf
rauf
Um ihm anschliessend die Hose runter zu
lassen
Die Hoffnung auf Besserung hatte ihn ver-
lassen
Der Vater sah zum ersten Mal ihre wahren
Gesichter
Die Leute waren der einzige Richter
Der Junge fühlte sich gedemütigt, was ihn
deprimierte
Wodurch er sich sofort in seinen Gedanken
verirrte
Ihn umgab der Tod und die Bitterkeit
Er musste sich entscheiden: Entweder für
das Leben der Demütigung oder Einsamkeit
Er hörte das Gelächter
Und sah zum Brunnen, des Dorfes Wächter
Sein Blick war entschlossen

Seine Zuversicht für eine Veränderungen
war verschlossen

  Der Vater bewegte die Jungs, nach Hause
zu gehen
Da musste sofort eine Veränderung entste-
hen
Mit den Hänseleien war jetzt ein für alle Mal
Schluss
Zum Abschied gab er seinen Söhnen einen
Kuss
Danach zogen die Brüder sofort los
Die Erleichterung war gross
Doch der Kranke sah zu den Hütten und
schloss die Augen
Ihre Bosheit konnte er nicht glauben
Zwischen den Häusern erwachte die
schlimmste Erinnerung
Die Gedanken brachten den Jungen zur Ver-
wirrung
Er hörte ihre Stimmen, ihre Worte
In der Nähe vernahm er die Ausgangspforte
Er schaute zurück und sah einen wütenden
Mob
Für ihn gab es keinen Stopp
Sein Bruder rief ihm zu
Er wollte von den Leuten hinter sich nur
Ruh
Schläge hörte er in seinem inneren Ohr
Und da durchquerte der kleine Junge das Tor

Mit Tränen in den Augen lief er durch, über
den Weg und durch das Gras
Da er noch immer Ehre besass

   Er rannte in das Land des Schreckens und
des Unbekannten
Unter den Blättern, die seinen Körper in der
Dunkelheit übermannten
Er ging weiter und weiter
Wie ein Reiter
Dunkler Nebel breitete sich in seinem Kopf
aus
Mit dem Laufen hörte er auf
Er schaute in den Himmel zu den leuchten-
den Farben über den Bäumen
Die grünen, roten, gelben und blauen Farben
wollte er sich nicht versäumen
Die Lichter flossen nach oben, immer enger
Es erinnerte ihn an einen Anhänger
Die Zeit verging langsamer
Er wurde aufmerksamer
Die Farben trafen auf der Spitze zusammen
und verschwanden
In dem Moment als sich Finsternis und Sinn-
losigkeit in seinen Gedanken verbanden
Ein Sog der übernatürlichen Sorte
Drang durch seine Pforte
Das Bild seiner Familie
Löste sich auf im Reich der schwarzen Uten-
silie
Das Kribbeln unter seiner Haut

In seinem Ohr echoten die Stimmen der Be-
wohner, ganz klar und laut
Jede einzelne Lügengeschichte, die sie über
den Jungen erzählten
Und er spürte, wie sich die Schmerzen auf-
bauten und ihn quälten
Unter seinem Herzen spürte er den Druck
Das Nichts holte sich sein Eigentum zurück
Schwere Atemzüge und den Stand verloren
Ein Donnerschlag erklang
Ein lauter, innerer Gesang
Er hörte eine Stimme im Wald, welche hat
geschworen
Das Leid zu teilen, für die Genesung des Or-
ganismus
Durchdrang kurz den Pessimismus
Der Junge liess sich von der Stimme leiten
Er konnte in eine fremde heile Welt gleiten
Da sich zum ersten Mal Kopf und Seele be-
rührten
Und keinen inneren Kampf führten
Im Einklang mit sich selbst im Reinen
Riet ihm die Zeit nicht zu verweilen
Immer tiefer ins Geschehen
Konnte er in der Dunkelheit des Menschen
Vergangenheit sehen

  Der Baum des Lebens zog ihn zu sich
«Hallo Leidender, berühre mich»
Der Junge befolgte die Anweisung
Und sah die Geschichte der Weltentstehung
Der Junge sah Menschen, Tiere die ersten

Wesen wie Elfen und Zwerge
Sie kamen aus allen Richtungen, wie vom
Land, dem Wasser oder dem Berge
Alle folgten dem Ruf
Dessen Geschichte die Welt erschuf
In Harmonie, Seite an Seite
Glitt die Hand über die Saite
Alle gleich zu Tage und Nacht
Wollte eine Person nur Macht
Seine Augen starrten den Baum an
Neid kam dann
Er lockte die Menschen fort
An einen anderen Ort
Der Baum verfiel in sich
Er brachte den Menschen Licht
Doch niemand war da
Wodurch seine Existenz vergessen war
Seine Gedanken, der Einsamkeit und Verlo-
renheit
Gab dem Jungen kurz Sicherheit
Der Baum übertrug ihm eine neue Lebense-
nergie
Er band seine Seele an sich und an sie
Eine Transformation seiner Gedanken
Brachte ihn zum Schwanken
Der Baum griff in den Jungen hinein und
hielt ein Nahrungsmittel in der Wurzel
Heiler war sein Kürzel
Die Wandlung war im Gange
Und brachte seinen Organismus auf eine hö-
here Stange

Die Erinnerung erwachte, das Bild des Ru-
derns, einer seiner glücklichsten Tage mit
der Familie im See
Das Hineinfallen und das Runterdrücken
vom Klee
Kein Auftauchen, nur ein Ziehn
Er konnte nicht fliehn
Und er hörte den Baum
Doch nicht mal er hielt die Gefahr im Zaum
Der Älteste redete auf ihn ein
Das Gift war gemein
Allerdings hörte er nicht auf den Verstand
Da die Zeit den Jungen an das Gift band
Ein Knall ertönte, die Wurzel liess das Brot
los
Die Macht des Jungen erschien zu gross
In der Transformationsphase löste sich das
Kind
Er war dunkel, der Schatten wie der Wind

  Sofort zog er ab
Und wollte zurück in die Stadt
Doch Mauern hielten ihn
Er musste weiter durch den Wald ziehn
Ohne Verstand lauschte er seinem Sinn
Der Junge war des Zauberers mächtiger Ge-
winn
Er entdeckte einen Mann mit Pfeil und Bo-
gen
Sofort kam das Wesen zu ihm geflogen
Die Gestalt riss das Fleisch von seinen Kno-
chen ab

Und frass sich daran satt
Das war sein erstes Bankett
Er schleuderte die Knochen gegen die
Bäume und rannte weg
Er suchte einen Durchgang nach draussen
Er lief kreuz und quer über Hügel und Täler
als hätte er sich verlaufen
Er hatte die Wege blind und ohne Bewusst-
sein genommen
Es gab von einem Ende zum anderen kein
Entkommen

  Als sein Heim erwies sich der Sumpf
Sein Gehör ergab sich als Trumpf
Auf einem Stein sass er nur stumm
Hörte sich nach den Geräuschen um
Er hörte ein kleines Kind
Es hüpfte geschwind
Die Schritte verlockten
Sowie die Holzstöcke in der Erde stocherten
Die Lust nach Blut erregte seine Venen
Das Wesen konnte sich nur noch nach dem
Kleinen sehnen
Daher flog der Schatten auf die andere Seite
zum Waldrand
Bei dem das Kind für eine Pause auf der
Stelle stand
Es sang
Das Wesen pirschte sich an den Spross
heran
Und tötete die Person
Das Ohr vernahm an einem anderen Ort den

Donner und einen schallenden Ton
Das Wesen hinterliess nur die Knochen
Einige Knochen waren gebrochen
Das Wesen verschwand und hörte wieder
Schritte im Wald
Er war keine blutsaugende Gestalt
Die Zerstörung trieb ihn an
Brach Bäume und Äste ab und verschwand
Er hinterliess seine schwarze Kleidungsessenz
Sowie sein Duft, es markierte seine Existenz
Jahre vergingen nach demselben Muster
Die Jagd wurde immer unbewusster
Sein Körper drang ihn zu mehr
Und wünschte sich die Vernichtung des
Baums sehr
An manchen Tagen verschwand das Vorhaben nur sehr knapp
Aber ein Teil von ihm hielt ihn von dem
Vorhaben ab
Ein anderer bewusster Drang
Kam auf bei seinem Werdegang
Den Baum wollte er nicht roden
Er hatte ihm ein neues Leben geboten
Und die Schmerzen im Bauch und Kopf verstärkten sich
Alte Erinnerungen erklangen wieder: «Du
bist hässlich»
«Du bist gut
Alles ist erloschene Glut»

Er jagte immer mehr
Ertränkende Gedanken im Meer

  Die Tage wurden kälter
Bald kam der Winter
Das Bedürfnis des Blutes und des Zerstörens
verstärkten seine Lust
Dieses Mal bezwang ihn der Frust
Von der Vernunft blieb keine Spur
Der Schatten lief zu seiner nächsten Jagd-
tour
Er hörte eine Axt gegen das Holz schwingen
Sein Geist konnte das Werkzeug mit einem
Menschen verbinden
Eine kurze Zeit
Und schon war das Wesen für den Angriff
bereit
Einem alten Mann, gebrechlich wie nie zu-
vor
Führte das Wesen seine Krallen vor
Der Mann erkannte das Wesen
Und hatte die Absichten des Monsters gele-
sen
Er floh
Das Wesen lachte froh
Der gebrechliche Mann stolperte auf seiner
Flucht
Und das Wesen nahm seine Frucht
Er verschwand wieder
Aus dem Schatten erschienen des Mannes
alte Glieder

Sie fielen auf den Boden
Einige Knochen waren gebogen

Das Wesen zog sich in die Höhle zurück
Und verspürte in seinem Inneren Glück
Der Schrei
Er fühlte sich frei

Auf einem Spazierweg
Versperrte ihm ein Wölfelein den Weg
Das Knurren vom Beschützer
Ertönte vom Naturnutzer
Das Wesen stürzte sich auf das Tier und
wollte es fangen probiern
Der Hund sprang mit allen viern
Und erwischte das Bein der Gestalt
Das Wesen verspürte keine Gewalt
Er schaute hinunter und beobachtete den
Kiefer
Die Zähne bissen sich immer tiefer
Und das Wesen verspürte Schmerzen und in
dem Moment löste sich der Biss
Eine weitere Seele zerriss
Das Wesen schaute den Hund an, auf dem
Boden lag der Köter leblos
Das Tier war komplett regungslos
Es betrachtete sein Bein
Blut statt schwarzer Flüssigkeit müsste es ei-
gentlich sein
Das Wesen verschwand und donnerte gegen
die unsichtbare Wand

Er wollte hinaus, da er dort eine innerliche
Veränderung empfand

  Er begriff
Im Inneren war der Junge ein sinkendes
Schiff
Der Kampf gegen den Wolf liess ihn kurz
sehen
Und wollte nach Hilfe flehen
Gegen das Gift war er für kurze Zeit immun
Daher konnte der Junge mit vollem Be-
wusstsein diese Aktion tun
Doch das Gift erlangte wieder die Kontrolle
über den Körper und Geiste
Weswegen er zurück in die Richtung der
Berge reiste
Von dort an jagte er tagtäglich
Die Morde, einer nach dem anderen klangen
hässlich
Das Gebrüll des Wächters liess ihn kalt
Er kannte nur die Gewalt
Gegen alles und jeden
Jeder sollte um Vergebung flehen

  Aus der Ferne sichtete das Wesen ein weis-
ses Geschöpf auf Beinen
Ein ähnliches Tier wie der Wolf könnte man
meinen
Doch grösser, buschiger
Ein Wesen, erwachsen und noch durstiger
Das Wesen sauste Richtung Berg, denn da
ganz oben

War das Tier am Toben
Blaue, vertikale Pupillen
Das Monster konnte den unsichtbaren Wän-
den nicht entrinnen
Die Schläge waren nutzlos wie die Zerstö-
rung
Es ergab keine gefühlslagige Erhöhung
Das Tier kam in Begleitung langsam den
Berg hinab
Ein Blickduell fand statt
Und dann verschwanden die Katzen im Ge-
büsch
Das Monster warf einen Stein und traf das
eine bildhübsche Tierchen
Blut floss aus dem Kopf
Das Wesen tobte wie ein heisser Topf
Er sah sie verschwinden, zurück auf den
Berg ohne Erreichbarkeit
Das Wesen blieb in der Einsamkeit

  Und die Wandelung schritt voran
Als das blaue Auge zu bluten begann
Die Zähne lösten sich auf
Er sah zum Himmel hinauf
Ein dünner Lichtstrahl, vom menschlichen
Auge nicht zu erkennen
Um die reine Seele des Aufstiegs zu benen-
nen
Voller Leben und die Eigenschaften ver-
blassten
Wodurch von seinem Herzen und Gefühlen
die neue Unzufriedenheit und Wut rasten

In der Nähe der Sümpfe riss das Wesen
Baum um Baum aus wie Klee
Auf dem Berge nieselte es Schnee
Der Schatten zerkleinerte die Pflanzen zu
kleinen Sägespänen
Auf dem ganzen Gebiet konnten die Baum-
bestäubung neues Leben säen
Für den Jungen war diese Aggression unbe-
greiflich
Von einer Sekunde auf die andere zog er ei-
nen Schlussstrich

Eines Tages tötete das Wesen ein Reh
Das Blut glich dem Wasser im See
Dort entdeckte er einen kleinen Hund
Ein spezielles Wesen und das war sein
Grund
Er folgte ihm sofort
Und jagte ihn bis zu seinem Aufenthaltsort
Der Hund versteckte sich
Das Wesen lachte herzlich

Er hörte Schritte und erkannte den Duft
Eine altbekannte Atemluft
Als nächstes ertönte ein Knacken
Zwei Stöcke brachen
Das Wesen drehte sich um und sein Vater
stand vor ihm
Er beobachtete eine Träne von seiner Wange
ziehn
«Sohnemann, komm mit mir mit
Es gibt immer einen Austritt

Eine Lösung für das Problem
Ich werde dich auch auf allen vieren anflehn
Komm zu uns zurück nach Hause zu unserer
Familie
Wir drei und deine verstorbene Mutter ver-
eint mit der Lilie
Wir müssen zusammenhalten
Wir müssen selbst unser Leben gestalten
Ich liebe dich
Und du liebst mich
Ich weiss, ich war kein guter Vater und hätte
mehr machen müssen
Die Bewohner glichen hohlen Nüssen
Ergreife meine Hand, ich werde dir nichts
tun
Ich würde für dich auch im Tode ruhn
Komm nach Haus
Schluss mit diesem Graus»

Das Wesen breitete seine schwarze Macht
aus
Der Vater schaute zum Himmel hinauf
Das Bild des Seeausfluges vor sich
Vater und Bruder betrachteten sich
Und liessen den Jungen ertrinken
Das Bilde liess den Vater zu Boden sinken
Ein Impuls der Bösartigkeit
Entschlossen, bereit
Tränen fielen und das Wesen schlug zu
Das Schluchzen war auf der Stelle stumm
Der Sohn tötete seinen Vater und sein Kör-
per sagte ihm, das war gut

Ein bisschen löste sich die Wut
Das Wesen machte sich keine Gedanken
Für ihn gab es keine Schranken
Ihn umgab das Nichts wie nie zuvor
Das Licht der Dämmerung kam hervor

  Einige Zeit später sah er
Am Himmel erschien ein helles Licht und
dies interessierte ihn sehr
Das Wesen nahm diesen Strahl ins Auge zur
Beobachtung und dazu die Klänge
Ein Hauch von Chorgesänge
Blau, violett
Der Lichtstrahl wurde fett
Die Farben zersprangen aus dem Lichtstrahl
in alle Richtungen
Übers Tal, über die Berge, den Wald und
alle Lichtungen
Das Wesen fühlte sich erleichtert
Und trotzdem wurden noch weitere Bäume
zu Einzelteilen zerschmettert
Das Wesen begriff
Die Ankunft war herzlich
Lachen und kreischen
Körper und Haut zerfleischen
Er bewegte sich im Wald, um nach dem Ob-
jekt der Begierde zu suchen
Jedoch konnte er keinen Erfolg verbuchen
Die ständige Verfolgung seines Zieles blieb
die ganze Zeit hart und rüde
Irgendwie fühlte sich das Wesen müde

Zum ersten Mal seit mehreren Jahren
Zum ersten Mal in der Form als sich Körper
und Geist zu Boden lagen
Alte Erinnerungen, schwach und Trost
Stimmte den Jungen glücklich und erbost
Er sah seinen Vater, wie er ihm das Angeln
beibrachte
Seinen Bruder, wie er herzlich lachte
Und ihn tagtäglich unterstützte durch alle
Zeiten
Er liess sich durch seinen Mut und von der
Entschlossenheit leiten
Zudem das Mädchen mit dem schönen Ge-
wand
Reichte ihm Brot in die Hand
Dann kamen die Leute mit dem Verhöhnen
Vor lauter Lachen mussten sie stöhnen
Seine Gedanken kreisten durch die Zeiten
der Vergangenheit
Das Erleben der Krankheit und Verletzlich-
keit
Er schrie in den Erinnerungen
Der Schmerz war noch nicht verklungen
Er sass im Boot
Und rief um Hilfe in der Not
Niemand kam
Der Junge geriet in einen Wahn
Er wollte doch nur Geborgenheit und
Sicherheit
Alles versank in der Dunkelheit

Und ein Wesen im Schatten zeigte ihm einen Ort
«Der Berg», fiel ihm eine Stimme ins Wort
Sie sprach weiter: «Dort oben kannst du mit deiner Kraft die Welt zerstören
Niemand wird dich jemals mehr belästigen können oder stören
Der Untergang ist das neue Ziel
Zerstör das Monument und wir entkommen unserem Exil
Du wirst sehen
Die Leute werden um Gnade flehen
Doch wir beide sterben nicht
Uns beschützt das Licht»

Der Junge erwachte und raffte sich auf mit einer Hand
Er hämmerte gegen die Wand
Er sah alle verschiedenen Farben aufblitzen
Er schaffte es, die Wände einzuritzen
Bis sie zerbrach
Bis eine Scherbe auf dem Boden lag
Das Monster liess seiner Aggression freien Lauf
Er durchbrach die Mauer und eilte auf den Berg hinauf
Der Schneesturm liess ihn erblinden
Nirgendswo konnte er sich zurechtfinden
Eine neue Welt öffnete sich ihm
Er wollte die Welt in den Untergang ziehn

Er sah die Welt bluten
In seinem Inneren der Kollaps am Wüten
Erdbeben, Feuerstürme, Asche
Staubpartikel drangen durch die kleinste
Masche
Das grüne Schwarz, das blau Grau
Und ein violetter Pfau
Dunkle Wolken, der Donner teilte den Him-
mel entzwei
Blitze, das Zeichen frei
Frucht und Ordnung
Als Zeichen der Zerstörung
Stein um Stein
Zum Zusammenzubrechen allein

Er irrte im Weiss
Seine Lust war heiss
Da tauchte im Schneesturm ein Tiger auf mit
blauen Augen
Er konnte dieses Wunder nicht glauben
Nach so vielen Jahren konnte er den Tiger
jagen
Und brauchte nicht die Mauer um Erlaubnis
zu fragen
Endlich, das Wesen erkannte den Tiger wie-
der
Wie die Gans an ihrem Gefieder
Der gleiche Duft, der gleiche Gestank
Es machte ihn innerlich krank
Die eiskalte Luft streichelte sein Fell
Der Schatten suchte das Duell
Und griff sofort an

Seine Augen und Gestalt zogen ihn in einen
Bann
Stattdessen rannte der Tiger geschwind
Er sprang vom Berg wie der Jäger vom Ast
in den Wind
Das Wesen blickte hinunter
Sein Gehör ersichtlich munter
Dessen Tod vermutete er
Leise Schritte immer mehr
Zittern, Geklapper
Der Schnee beugte sich als dessen Bestatter

    Es kehrte Stille ein für eine ganze Weile
Das Wesen streifte weiter auf den Berg hin-
auf und sichtete die Todesteile
Ein Hammer, ein Stein und ein Riss
Mit dem Anfassen des Hammers schmerzte
der Wolfsbiss
Das Werkzeug blieb an Ort und Stelle
Eine scharfe Energiequelle
Qualen wie nie zuvor
Schlug das Wesen mit der eigenen Hand ge-
gen das Weltzerstörungstor
Der Wind und der Schneefall wurden stärker
Das Wesen schlug härter
Nichts geschah
Die Nase vernahm den Geruch des Tigers, er
schien nah
Weitere Schläge führten zu keinen Konse-
quenzen
Da meldete sich seine inneren Essenzen
Sie sagten: «Runter

Zum Tiger hinunter
Er ist der Schlüssel für das Tor
Seine Position liegt zwischen Berg und
Moor
Beseitige ihn
Seine Macht kann dem Hammer seinen
Bund zum Fels entziehn»

   Das Wesen sprang auf die nächst untere
Plattform
Sein Aufprall glich dem Erdbeben enorm
Er suchte den Tiger heim
Sein Versteckspiel empfand das Wesen als
gemein
Er suchte das Tier doch ohne Erfolg
Seinem Ziel blieb er hold

   Er vernahm ein Waten im Schnee
Es klang wie das Gehen im Schlamm am
See
Das Wesen sah einen Jungen und einen Ti-
ger durch den Schnee spazieren
Und beide machten nicht den Eindruck, als
würden sie frieren
Ihre Orientierungslosigkeit war seine
Chance
Das Wesen verhielt sich wie in einer Trance

   Er schlich sich an den Menschen und das
Tierchen ran
Das Monster blieb stehen und zog ihre bei-
den Augen in seinen Bann

Kurze Stille und dann rannte das Wesen los
und breitete seinen Schatten über alle aus,
sodass jeder in der Dunkelheit schwebte
Und sorgte dafür, dass sich vor Anspannung
vor dem Unbekannten kein Muskel regte
Den Jungen erkannte das Wesen und führte
seine Krallen aus, um ihn leiden zu lassen
Von ihm wurde das Wesen im See verlassen
Und der Tiger versuchte kämpfend sich von
der Finsternis zu befreien
Das böse Wesen konnte nicht verzeihen
Den Mann wollte er zuerst töten
Er führte seine Seele zu den Nöten
Seine Erinnerung zeigte er ihm
Er konnte vor den Bildern nicht fliehn

  Tränen und Wut
Seine Gesicht zu sehen brauchte Mut
Der Schatten zitterte
Da er seine Rache der Vergangenheit wit-
terte
Zudem spürte er den angesammelten
Schmerz
Es durchströmte sein krankes verletztes Herz
Der Schatten sprach ihm kurze und knappe
Sätze seiner verletzten Seite zu
Und der Junge antwortete mit Schuldgefüh-
len und Ruh
Seine Bedeutung für die Familie zeigte er
auf
Und das Wesen sah seinen Lebenslauf
Das Dorf

Ohne Torf
Der Wald
Die Wolfsgestalt
Die Flucht
Die suchende Frucht
Das Mädchen
Ihren Namen Gretchen
Ihren Tod
Seine Not
Ihre Rückkehr
Das glückliche Meer
Der Traum
Die Welt grau
Der Berg
Sein Werk
Seine Furcht und Tapferkeit
Seine Hilfsbereitschaft und Wichtigkeit
Die Sorge
Seine Fürsorge

  Das Wesen spürte eine fremde Macht
Langsam löste sich ihre Pracht
Die Gedanken wurden heller
Der Schatten sah über den Teller

  So wurde das Wesen ruhiger und sah ein
Er liess seine Bilder zusammensacken wie
ein Stein
Das Gefängnis löste sich auf
Der kleine verletzte Junge tauchte auf und
kletterte nun rauf
Das Wesen verwandelte sich zum Mann

Zu dem sein Bruder kam
Der Junge, gekleidet mit Hemd und kurzer
Hose
Sein Erleben wirkte wie in einer verschlos-
senen Dose
Er erinnerte sich an Bruchstücke, doch nicht
mehr
An einzelne Morde, aber nicht an das Blut-
meer
Weswegen er sich schämte und Schuldge-
fühle ihn durchtrieben
Er dachte sich: «Ach, wäre ich bloss im Dorf
geblieben»
Er spürte seines Bruders Hand
Seine Freundin erzählte von einem neuen
Land
Dem er sich anschloss für seine Tat
Und um Erlaubnis bat
Denn vom Baum blieben ihm einzelne Erin-
nerungen
Und diese haben all seine negativen Erfah-
rungen bezwungen
Er liess die Gemeinheiten im Lichterloh ver-
brennen
Alle, die er über die Jahre ansammelte, vom
Jungen bis Erwachsenen

  Die Gruppe spazierte zum Baum
Der Junge erkannte sowohl Pflanze als auch
Raum

Eine Träne kullerte von den Wangen
Da ihn die Gifte zu törichten Taten zwangen

Er trat näher und berührte ihn
Dieses Mal wollte er nicht vor seiner
Stimme fliehn

Der Baum sprach: «Du bist zurück und es
tut mir leid
Dich umhüllte mein Kleid
Daher bitte ich dich um Vergebung
Ich fasse es auf als meine Belehrung
Jetzt bist du wieder du selbst und ich kenne
deinen Grund
Du machtest endlich den entscheidenden
Fund
Ich bin stolz auf dich
Bitte, verachtet mich nicht»

«Wir verachten dich nicht
Du gabst mir und der Erde erst das Licht
Ich verdanke dir mein Leben
Daher möchte ich dir einen Teil meiner
Dankbarkeit zurückgeben
In dem ich dir helfe zu gedeihen
Ich wollte dir schon seit meiner ersten Be-
gegnung mit dir verzeihen»

So blieb er und half, den Baum zu pflegen
Er stand da, um zu reden
Für den Baum da zu sein
Die Auswirkungen gross, die Taten klein

Und seit Jahren wieder war er stolz
Er war vereint mit dem Bruder, seiner Geliebten und umgeben von altem Holz

Gier

Geboren in den Wäldern in einer kleinen
Hütte
Der sich bei jeder Entscheidung um das
Richtige bemühte
Seine Eltern liebten ihn
Jeden Tag wollte er ein anderes Kleidungs-
stück anziehn
Er lief in seiner Kindheit jeden Tag mit sei-
nen Freunden um die Wette
Zu gewinnen gab es immer eine Blätterkette
Sein Eifer zwang ihn jedes Mal zur Bestleis-
tung
Einmal gegen seine Kameraden zu gewin-
nen, wäre eine Begeisterung
Doch er siegte nie
Für ihn wäre der Erfolg nur eine reine Ironie
Er glaubte nicht dran, es war eine reine Uto-
pie
Jedes Mal floh er in den Wald und sang eine
traurige Melodie
Stundenlang unterwegs mit den eigenen Füs-
sen
Er wollte die Niederlagen nicht mehr be-
grüssen
Er blieb dort
Versteckt an diesem Ort
Die Wolken wurden finster, den Weg er-
kannte er nicht mehr

Die Regenmenge so viel wie das Andameer
Er sah keinen Meter weit und er fragte sich
wie
Und in der Ferne hörte er, wie ein Mädchen
schrie
Ihre Stimme klang, als wäre sie nicht weit
entfernt
Die Hilfe nach dem Hilfeschrei hatte er nicht
verlernt
Er folgte der Stimme
Er fürchtete weder Naturkatastrophe noch
Spinne
Die Winde drückten ihn bei jedem Versuch
zurück
Doch irgendwann hatte er genug Glück
Er kam zu einer Höhle mit einem Wesen
Eine weibliche Elfe war dies gewesen
Der Junge bot ihr seine Hilfe an, zur Sied-
lung zu gehen
Doch die Elfe überzeugte ihn, an Ort und
Stelle zu stehen
Für diese kurzen Momente
Da der Sturm gerade die Erde über-
schwemmte
Sie sagte ihm, er würde den Sturm nicht
überleben
Daher sollte er ihren Worten nachgeben
Der Junge, dessen achtzehntes Lebensjahr in
dem Augenblick begann
Sah die Höhle als eine Art zwang
Die Elfe hatte Recht mit ihren Worten

Sie entschieden sich gegenseitig ihren Stimmen zu horchen und warteten auf des Himmels Pforten

«Warum bist du hier an diesem Ort verborgen?
Hast du nicht irgendwelche Sorgen?
Wohnst du nicht in Dorf in der Nähe des Baums?
Dieser Ort erinnert mich an die Wirklichkeit eines Traumes»

«Doch, ich kenne das Dorf in deiner Gegend
Dieses Unwetter ist das Elend
Und genau deswegen ist er unser Tod, wenn wir ziehen
Dem Sturm können wir im Wald nicht entfliehen
Die Winde preschen und reissen ganze Bäume aus
Dieser Ort ist vorübergehend mein Haus
Unsere Siedlung mit einem Dach
Wie lange sind wir schon wach?»

«Mehrere Stunden und ich habe Angst und bekomme langsam Panik
Eine neue Problematik»

Die Elfe sprach leise: «Werde ruhig und entspanne dich
Das Unwetter legt sich

Ich bin bei dir
Vertraue mir
Du bist nicht alleine und alles wird gut
Also behalte deinen Mut
Komm, leg dich auf meinen Schoss
Schlafe ein und träume von deinem Schloss
Von deiner eigenen Welt
Baue sie auf, wie sie dir gefällt
Und schlaf ein
Jetzt wirst du ruhiger sein
Es ist wichtig, dass du mir vertraust
Jetzt bist du, entspannt sodass du in deinen
Traum eintauchst»

  Der Junge entschlief Dank ihrem Klang
In seinen Ohren tönte ihre Stimme wie ein
Gesang
Und er träumte von einem Land seiner Vor-
stellung und Pracht
In der Vorstellung besass er genug Macht
Er träumte von vielen Häusern in der Art der
Dorfwohnungen einfach und simpel
Doch für seine Behausung hatte er einen an-
deren Blickwinkel
Edelmaterial aus Marmor und glänzenden
Steinen
Sie sollten über der Welt scheinen
Dann begann er zu experimentieren
Er fragte sich, wie würden die Dorfbewoh-
ner auf verschiedene Häuser reagieren?

Doch er sah nur Streit und beliess es bei seiner Illustration
Und beendete seine Aktion

Er erwachte und der Sturm war vorüber
Und sah das Gesicht der Elfe seinem Gesicht gegenüber
Gemeinsam zogen sie zur Siedlung
Der Mann erlebte nur noch Verbitterung
Sein Haus war nicht mehr dort
Der Wind trug die Hütte zu einem anderen Ort
Von seinen Eltern hinterblieb keine Spur
Das Unwetter Nir vernichtete mehrere Lebewesen, wie der Mann erfuhr
Er sah den Baum finster an
Das Geschehnis war sein Teufelsbann
Seine Schuld allein
Der Baum musste die Macht haben, um selbst der Weltuntergang zu sein
Der Mann fragte sich, was er vom Baum ausser Schmerz und Frustration hatte
Der Erschaffer aller Wesen war in seinen Augen eine Ratte

Der Mann erzählte der gesamten Siedlung von der Tat
Alle betrachteten das Verhalten des Jungens als Verrat

Dann verschenkte der Baum einen Teil seiner Macht
Der König hoffte auf diese Pracht
Doch er bekam den Zuspruch nicht
Stattdessen sah er ein anderes Licht

Er zog alleine weg in die Länder ohne Bäume und Leute
Als er ankam, schrie er und glotzte gleichzeitig mit dem Blick, da ihn das Land erfreute
Hier wollte er nachdenken, um die Tat zu verarbeiten
Um einen neuen Weg ohne den Baum zu beschreiten
Jeden Tag lief er weiter durch die Gegend, um dann zum Platz zurückzukehren
Er wollte die grüne Ortschaft verehren
Hier fühlte er sich wohl
Er sah einen Wolf und der wurde zu seinem Symbol

Eines Tages entdeckte er einen Weg hinunter
Da wurde der Mann neugierig und munter
Er kletterte in einer Höhle in die Tiefe und sah funkelnde Steine in der Felswand
Fummelig kratzte er die Edelsteine aus mit der Hand
Die Schmuckstücke glänzten wunderschön in allen Farben
Die ihn alle umgaben

Er packte alle ein, die er kriegte
Da der junge Mann ihre Farben bereits mit
dem ersten Blick liebte
Er sah die Steine an, doch sie sprachen nicht
Hier lag der perfekte Ort, jedoch kein Tages-
licht
Daher zog er mit seiner Beute in den Wald
zur Siedlung
In den Gedanken verinnerlichte er jede Ab-
biegung
Um zum Platz zu gelangen
Denn seine Seele wurde dort bei dem Platz
gefangen

   Nach kurzer Zeit sah er einen neuen Mann
Den er als neuen Freund gewann
Kennengelernt haben sie sich bei einem
Bankett
Der Mann war jung, doch sehr gebildet
Er könnte ihm helfen und fragte
In dem er dem Zauberer eines Tages sagte:
«So viel Macht, dein Interesse gehört der
Alchemie
Und der einzigen Magie
Die Leute nennen mich Verräter
Aber ich ändere ihre Meinung später
Ich habe eine Vorstellung eines neuen Lan-
des mit Gleichberechtigung für alle
Weswegen ich jetzt schon prahle
Ich will den Leuten eine andere Weltansicht
zeigen mit Gütern und Gut
Schau, dieser Stein verkündet Mut

Seine Schönheit bedeutet, er ist viel wert
Greifst du mit mir zum Schwert?»

«Ich sehe die Kombination
Der Stein hat eine seltsame Konstellation
Ich glaube nicht, dass ich so einen fertigen
kann
Aber der Stein zieht mich in seinen Bann
Ich will ihn haben und will mehr
Seine Farbe gefällt mir sehr
Ich helfe dir und will eine Gegenleistung da-
für
Ich will eine offene Tür
Was hast du vor?
Willst du eine neue Pforte an deinem Tor?»

«Nein viel grösser als nur ein Tor
Lausche mit deinem Ohr
Ich will ein neues Land gründen mit Leuten,
die Spass haben und nicht einen Baum anbe-
ten
Ich will mein Leben im Freien leben
Er strahlt Gefahren aus
Ich will weg von dieser Siedlung in ein
neues Haus
Bevor er die Welt zerbrechen wird
Dienst du mir als neuer Wirt?
Ich habe nur Gutes im Sinn
Dafür stehe ich mit dem, der ich bin»

«Ich gehe mit dir ins neue Land
Und reiche dir mit Vergnügen die Hand»

Sie hatten einen Plan
Gezeichnet vom kleinen Wahn
Der Mann hatte nach wie vor Hass im Bauch
Und dennoch schenkte er seiner Freundin einen Blumenstrauss
Er machte ihr einen Heiratsantrag
Wodurch er eine neue Wolkenebene betrat
Sie nahm den Antrag an
Und er zog sie in seinen Bann
Der Mann plante eine List
In den Gedanken war er ein begabter Artist
Der Mann holte weitere Edelsteine aus der Untergrundmine
Er lief auf seiner Linie
Jeder Person erzählte er von der Schönheit, die sich in den Steinen spiegelte und nach aussen reflektierte
Was den normalen Bewohner sofort zu höherem privilegierte
Die Leute sahen die Farben und wollten das Material nicht mehr aus den Augen verlieren
Stattdessen sollten die Steine ihren Hals zieren
Er erzählte ihnen, von den farbigen Glanzsteinen gäbe es noch mehr
Der Mann ging in das schöne Steinchenmeer
Und bot ihnen als Gegenleistung zur Umsiedlung einige Edelsteine an
Der neue Herrscher gewann
Mit überzeugenden Worte zogen alle mit
Das war der erste Schritt

Gemeinsam liefen sie aus dem Wald aufs
Land
Der Magier zauberte dem Mann ein schönes
Gewand
Stolz präsentierte er es den Leuten
Die sich alle auf das Gewand freuten
Der Magier zauberte für jeden Kleider
Und es ging noch weiter
Für jeden verschenkte der Mann einen Edel-
stein
Er wollte gut sein
Alle mochten den Mann
Der mit jedem neuen Tag eine weitere
Stimme gewann
Dann benachrichtigte er die Bevölkerung
mit einer wichtigen Kundschaft
«Diese Präsente sind nicht vorteilhaft
Jeder ist für sein Glück verantwortlich
Das begrüsse ich herzlich
Mit ständigen Geschenken wird niemand
überleben
Wir wollen auf Wolke sieben schweben
Stirbt der Magier
Besitzen wir nichts als Habgier
Nur mit Geschenken sind wir aufgeschmis-
sen
Da wir Wasser und Nahrung vermissen
Wir müssen für uns selbst sorgen mit klei-
nen Schritten
Daher möchte ich euch bitten
Lasset mich regieren
Ich werde für jeden einzelnen agieren

Es ist kein einfacher Weg und daher möchte
ich zu diesem Schritt helfen und etwas be-
wegen
Das hier ist unser Leben
Daher gebt mir eine Stimme
Damit ich euch zur nächsten Lebensstufe der
Freiheit schwinge!»

 Die Leute stimmten zu
Jeder einzelne band selbstständig den Schuh
So entstand die erste Siedlung aus eigener
Kraft
Der Herrscher bestaunte sie mit richtiger
Farbenpracht
Und er war auf seine Leute stolz
Sie bauten selbstständig ein eigenes Haus
aus Steinen und Holz
Kurzer Hand wurde der Mann als König
auserkoren
Mit seinem Erwachsenwerden hatte er noch
nie verloren
So errichteten die Leute ihm eine Behausung
mit den edelsten Materialien
Aus den besten Mineralien
Ein Palast entstand
Der König half selbst mit einer Hand

 Nach der Errichtung zeugte er mit seiner
Frau ein Kind
Von diesem Tage an wurde seine Königin
fast ganz blind
Ihre Sicht war verschwommen

Ihr Verstand war allerdings nicht benommen
Sie genoss ihre Freude und trotz der Seh-
schwäche hielt sie ihrer Tochter eine Lesung
Doch für sie gab es keine Genesung

Seiner Tochter verbot er, aus dem Schloss
zu treten
Jeden Tag sollte er um ihre Sicherheit beten
Er hatte Angst vor der Rache
Der Baum war ein gemeiner Drache

Stattdessen überreichte er seiner Tochter
Aufgaben
Sie liess jede Idee des Königs in den Wind
jagen
Ihre Selbstständigkeit liess zu wünschen üb-
rig
Die Aufgaben des Königs waren für sie zu
schwierig

Die Jahre vergingen
Sein Reich schien am Fliegen
Der König dachte über weitere Einflussmög-
lichkeiten nach
Und am Abend öffnete er sein Gemach
Er sah seine Gemahlin ruhig und friedlich
schlafen
Ihre Seele schwamm in diesem Tag zu ei-
nem weitentfernten Hafen
Nach vielen Jahren starb die Königin an den
Folgen vom Unwetter Nir
Jetzt sass der König alleine hier

Der Herrscher sah die Schuld beim Baum
Er beauftragte den Magier für eine Racheak-
tion mit einem Zaun
Der Magier nickte
Da er noch keine Lösung für das Problem
erblickte
Er liess sich nicht unterkriegen
Die Niederlage würde auf seinem Boden lie-
gen

Eines Tages fragte ein Mann wegen der
Planung einer neuen Siedlung
Etwas entfernt vor der Abbiegung
Der König übertrug der Tochter diesen Ent-
schluss
Es war sein Genuss
Ihre Selbstständigkeit lobte er
Seine Tochter flehte sehr
Sie wollte die Pracht der Sonne
Sich sonnen in der Wonne
Der König zerschlug jede Bitte
Und verpasste ihr einzelne Tritte
Einen Grund gab er ihr nie
Er behandelte sie wie Vieh
Die Prinzessin weinte jeden Tag
Ihr Vater schrie sie jeweils an, dass er diese
Tränen nicht mag
Ein Befehl war ein Befehl
Seine Taten schlugen fehl

Er betrachtete jeden Tag seine Tochter, sie
war so schön wie seine Frau
Ihr Ebenbild zeigte einen Pfau
Ihre Augen glänzten in der Sonne wie das
Tageslicht auf Glas
Da seine Ehefrau dem Kindchen von ihrer
Geburt bis zu ihrem Tod jeden Tag eine Ge-
schichte vorlas
Alles Sanfte an der Elfe ging auf die Tochter
über
Doch seine Rache zum Baum ragte bei je-
dem Augenblick drüber

Die Entscheidungen seiner Tochter waren
vernünftig wie noch nie
Er sah in ihr eine gute Energie
Und da kam der Magier mit der Absicht, den
Pfau als Frau zu nehmen
Nichts stand gegen sein Benehmen
Seine Treue und Ergebenheit
Verbunden mit ihrer Schönheit
Dem König fiel die Entscheidung leicht
Er antwortete nicht mit nein oder vielleicht
Er stimmte zu
«Ihr Mann im erwachsenen Alter wirst du»

Die Arbeiten im Dorf liefen rund
Sein Symbol wurde der wilde Hund
Der ganze Hof wurde eingeladen, das Dorf
zu betrachten
Um deren Stolz zu beachten

Der König durchschnitt das Band zur Er-
öffnung
Und verspürte durch diesen Schnitt Hoff-
nung
Sie verfolgten eine Geschäftsidee
Nicht das Transportieren von Holz oder
Schnee
Das Dorf
Handelte mit Torf

Der König investierte und die adligen Bür-
ger ebenfalls
Und er opferte deren Hals
Seine Tochter verschwand im Eifer der Ver-
handlungen
Sie hatte sehr viele Begabungen
Er liess sie suchen
Der Magier erzählte von einem Jungen und
der König liess ihn verfluchen

Sie gingen zurück, das Dorf war ein Erfolg
Für sich und das gesamte Volk
Nachdem die Prinzessin Woche für Woche
aus dem Schloss floh
Und Heim kam mit Haaren voller Stroh
Nahm der König ihr das Amt
Er unterzeichnete die Urkunde mit seiner
Hand
Und erzählte von seinen Plänen mit ihr
Sie verhielt sich wie ein bockiger Stier
Sie rannte in ihr Zimmer
Der König hörte ihr Gewimmer

Daher Schritt er zum Alchemist
Und erzählte vom Mist
Und versuchte, seine Idee mit dem neuen
Dorf zu ersetzen
Er wollte seine Tochter nicht verletzen
Der Magier erzählte vom Jungen, von der
Prinzessin und ihrer ersten Gespräch mit
ihm
Der König wollte seine Entscheidung schon
wieder zurückziehn
Und beauftragte den Magier diesen loszu-
werden ohne seine Beteiligung
So bat er seine Tochter nicht um Verzeihung
Der Magier wollte beides haben
Und wollte nicht um deren Erlaubnis fragen
Er erzählte von einer Idee
Der Wald würde schon bald umgeben sein
mit Schnee
Sofort schlug der König ein
Dorf und Tochter waren Sein

  Der König betrieb weitere Geschäfte und
liess das Dorf mit seinen Investitionen im
Stich
Um das Dorf zog er einen Schlussstrich
Torf?
Das war kein Handel für das Dorf

  Das Mädchen wurde gross
Seine Freude war famos
Und als er sie einmal suchte
Trat er in ihr Zimmer und fluchte

Sie verschwand
Sofort rief er zur rechten Hand
Er sagte ihm, die Probleme neigen sich dem
Ende
Um den Stab schlang der Zauberer seine
Hände
Und er ging
Der König wollte vor Traurigkeit nur noch
in seine Gemächer fliehn
Er verlor seine Tochter an einen Dieb
Das bedeutete für den König Krieg
Mit seinem neuen Befehl entfachte er seine
Wut
Seine Tochter durfte keine Hoffnung schöp-
fen und keinen Mut
Er befahl die Verbannung und Vernichtung
des Baumes und des Diebes
Sowie die Enterbung der Prinzessin bei ihrer
verweigerten Rückkehr, es wäre das Ende
jedes Abschiedes
Sein bester Freund sollte den Befehl ausfüh-
ren
Und zum Erfolg führen

  Der König wartete lange und tyrannisierte
andere Ländereien
Niemand konnte sich aus seinen Klauen befreien
Die gesamte anwesende Königsbesatzung
entliess er mit Hinrichtungen
Und fuhr seine Fühler aus in alle Richtungen

Er dachte nur an Eroberungen und die Siedlungen liess er brennend zurück
Er überliess die Dorfbewohner ihrem Unglück
Kein Erbarmen duldete er
Und neue Diener kamen her
Er dachte sich: «Der Baum, der Baum
Er ist hier in diesem Raum
Jede Person wurde von ihm gerufen
Ich werde dich verfluchen»
Er rammte sein Schwert in die Möbel und Gewänder
Und hinterliess seine Waffe inmitten seiner Länder

Er hörte vom Magier und Freund eine Mitteilung
«Ich benötige Ihre Einigung
Die Waffe schlägt in Kürze zu, die Rache ist Ihre
Öffne den Wein, da ich Ihnen garantiere
Der Baum wird heute vernichtet
Wie mein Freund jetzt berichtet
Seht es Euch in der Höhe an
Ich bin ein ehrlicher Mann»

Der König sauste auf den höchsten Turm
Von dort oben wirkte die ganze Welt klein und war so gross wie ein Wurm
Der König beäugelte den Wald
Er sah einen kleinen Schatten einer grausigen Gestalt

Und gleichzeitig eine Kuppel aufsteigen
Der Baum sollte leiden
Der König rief ihm zu:
«Was sagst du?
Ich habe dich bekriegt
Und habe über dich gesiegt
Der neue Herrscher bin ich
Vergessen sollen sie dich
Deine Existenz soll in keinen Erzählungen
mehr erwähnt werden
Du sollst in der Einsamkeit sterben
Ich bin der König
Und von dir bleibt nichts mehr übrig»
Grausiges Lachen hallte durch die Mauer
Im Walde floss ein schauriger Schauer

   Er wartete nun auf seine Tochter, die win-
selnd zu ihm zurückkehren und ihn um ihre
Rückkehr anflehen sollte
In dieser Vorstellung fühlte er sich wohl, da
der König der barmherzige Held sein wollte
Ein Dorfbewohner wollte eine Audienz we-
gen einer Katastrophe
Er gewährte den Einlass wegen der Tochter
ihren Hofe
Er berichtete von einem Ungeheuer, Kno-
chenfunden sowie von vermissten Siedlern
Und bat den König um einige Krieger
Um die Bestie zu vernichten und die Ver-
missten zu finden
Diese beiden Probleme mussten sofort ver-
schwinden

Der König verschlug die Bitte
Stattdessen schenkte ihm der König Arsch-
tritte
Er verjagte den Gast
Hinaus aus dem Palast

Seine Tochter kam nie zum Schloss zurück
Er rief nach dem Alchemisten und hörte von
ihrem Unglück
Und der Magier fühlte sich hintergangen
Des Königs Schulden hatten noch an den
Wänden gehangen
Der König zahlte sie nicht
Deswegen erlosch der Magier dem Ver-
schuldeten das Licht
Er erwachte bei einer Hütte im Nirgendwo
Er fühlte sich nicht froh
An nichts konnte er sich noch erinnern, bis
auf seine Lebensart als Kind und das Aufwa-
chen

Er sah eine Hütte und wollte das Gebäude
bewachen
Und hörte einen Hund bellen
Dessen Weg wollte er wählen
Und er erblickte eine Hündin im Käfig ein-
geschlossen
Weswegen ihm von den Wangen Tränen
flossen
Er befreite die Hündin und ging mit ihr zur
Hütte
Dessen Haus sie nicht anrührte

Und sie gewann zum Mann vertrauen
Er wollte nicht mehr in die Vergangenheit
schauen
So alt wie er war
War er für sich selbst eine Gefahr

   Er sah in der Hündin eine Tochter fürs Le-
ben
Diese wollte alles für ihn geben
Er machte ihr alles möglich, um ihr das Le-
ben zu verbessern und Altes zu vergessen
Die Hundedame wollte er keineswegs stres-
sen
Der Mann gab ihr Zeit
Raum, Sicherheit und Geborgenheit
Durch sein Engagement bewältigte er die
Aufgabe und erhielt ihr Vertrauen
Sie und er wollten sich gegenseitig aufbauen
Die Hündin belebte die emotionalen Mo-
mente seiner Vergangenheit
Wie er seine Liebe einst in einer Höhle fand
Den Reitausflügen am Strand
Das Gelächter und die schönen Plaudereien
Und den ersten Kinderschreien
Die erlebten Augenblicke kamen zurück
Stück für Stück
Der grösste Moment war das Abschiednehh-
men, denn seine Liebste stand bereit
Er hörte ihre Kinderlieder
Sowie ihre letzten Worte und gab sie dem
Hund wieder
Dann erschien eine erwachsene Tochter mit

ihrem Angesicht
Er spürte auf seinem Haupte Licht
Das Glück, das er einst kannte
Und unbewusst in die hinterste Ecke ver-
bannte
Das Glück kehrte zurück
Jeden Tag ein neues Stück

   Die Hündin führte ihn und gab ihm einen
Sinn
In einer kalten Nacht schlotterte sein Kinn
Er wollte Holz holen und verlief sich mit der
Axt im Wald
Dort sah er die bösartige Gestalt
Keine Angst und kein Bangen
Die Angst und die Wut waren seit seinem
Erwachen vergangen
Und er sah sein Ende
Das letzte, was er sah, waren seine blutver-
schmierten Hände
Böse Taten
Er hatte sich selbst verraten
Sofort kam der Gedanke an den Wahn
Und er fragte sich, bevor er starb: «Was
habe ich bloss getan?»

Die Ratte

Blitze, Donner, Regen
Die Welt hatte sich ergeben
Fliegende Bäume und Feuerspeier
Trotz dem Unwetter gab es eine Feier
Ein Junge war geboren im Unwetter Nir
Aus dem Wald floh das Tier

  Fürsorglich hielt die Mutter das Kind im
Arm
Das Kind war auf dem Köpfchen warm
Es hatte Fieber und es war im Todeszug
Die Eltern sagten sich, das sei Betrug
Es gab keine Heilung
Die Eltern beteten wegen möglicher Lastern
um Verzeihung
Ihr erstes Kind und es sollte schon sterben?
Nein, ihr Baby sollte erwachsen werden
Ihr innigster Wunsch war dessen Überleben
Sie wollten alles für das Kind aufgeben

  Eine reine Seele wie jedes Kind
Es zog leise ein kalter Wind
Es kam eine Energie von ungeheurer Macht
Keiner sah in ihm diese Pracht
Das Fieber verschwand
Das Kind reichte zum ersten Mal der Mutter
die Hand
Und seine Entwicklung verlief schnell

In seinem Kopf war er hell
Die Interessen gehörten der Magie
Dort zog er die Fäden der Regie
Er formte mithilfe von Vorwithkraut, Se-
mena und Herme
Eine Formel gegen die bittere Wärme
Er verstreute das Pulver in der Umgebung
Von selbst kam die Ausdehnung
Dieses Mittel fanden die Bewohner spitze
So litten die Leute nicht mehr an der Hitze

   Ungewöhnlich schnell alterte das Kind
Er wurde jugendlich so schnell wie der
Wind
Nach einem weiteren Monat erreichte er be-
reits das Erwachsenenalter, welch Freude
Um ihn versammelten sich Leute
Er bekam Angst, dass er noch schneller al-
terte
Die Person bekam eine Idee
Um diese Entwicklung zu stoppen, mixte er
einen neuen Trank
Den er sofort trank
Mit seinem Alter stieg auch sein Aufnahme-
vermögen
Alle Leute begangen, ihn zu mögen
Und man hörte von einem Mann, der gegen
den Baum stichelte und verschwand
Er trug ein Bettlergewand
Sie nannten ihn Verschwörer und Spinner
Mit kleinem flinken Finger
Es war der Sohn des Schmieds

Des schwächsten Glieds
Für hämmern und pochen für nutzlose Ar-
beit
Stand der Idiot immer bereit
Seine Materialien galten als Verschmutzung
Für die Anfertigungen fanden die Siedler
keine Nutzung
Dessen Worte blieben von den Leuten un-
vertretbar und wollten mit keiner Kritik spa-
ren
Deren Erzeugnisse für den Magier revolutio-
när waren
Auch wenn er ihn noch nie sah
Schien er im Herzen doch da
Seine Ideen und Gedanken wollte er studie-
ren
Um für seine Generation zu reagieren
Er wusste nicht, ob er böse war oder gut
In seinen Augen sah er eine entfachte Glut

  Der Magier heilte weiter
Die Dorfbewohner machten ihn zum Reiter
Er besass das Wissen über Medizin, Kata-
strophen und Bauten
Er, der mobile Helfer, auf den die Leute
bauten
Dadurch gewann er an Ansehen
Und konnte so seine Wege gehen

  Eines Tages träumte der Mann
Und sah, wie seine Macht begann

Er sah die Reaktionen der Welt und in den
Zellen
Sie entstrahlten eine bösartige Welle
Die Harmonie der Natur ausser Kraft, man
hörte den Sturm rufen
Wodurch positive und negative Energie das
Unwetter erschufen
Es waren Windböen des Zornes
Nutzlos war das Ertönen des Hornes
Die gesamte Stärke der Wut und Enttäu-
uschung spürte er im Traum
Die gesamte Katastrophe wurde entfacht
vom Baum
Schweissgebadet wachte der Junge auf
Trank Wasser und überdachte die Worte des
Mannes und seinen Tagesverlauf

  Er ritt los mit seinem Pferd
Und reparierte einen Herd
Danach ging er auf das Bankett
Die Leute tranken, alberten herum und wa-
ren nett
Da erklang eine Stimme, sie zitterte vor Ver-
achtung
Der Magier schenkte den Worten Achtung
Und er sah seinen Mann der Stunde
Er schickte ihn nicht direkt zum Hunde
Vielmehr reichte er ihm die Hand
Eine neue Freundschaft entstand auf dem
Land

Der Mann erzählte ihm alle Taten und
Abenteuer
Der Baum wurde in seinen Augen mehr zu
einem Ungeheuer
Der Sturm Nir und die Toten
Deren Opfer sie, die Leute, lobten

Der Reisende zeigte dem Magier Steine
Welch Farbenpracht und alle waren seine
Der Zauberer verlor sich in den Ebenen der
Dimensionen
In den Steinen sah er Visionen
Sein Spiegelbild gespiegelt an den Kanten
Tiefer und tiefer, es gab keine Schranken
In der Mitte, im Herzen des Steines
schwebte eine Formel
Sein Herz pochte selig wie eine Trommel
Seine Einzelteile der Elemente
Tanzten in seinem Kopf wie Enten
Koredyl, Metzyl, Kohlenhydox und noch
weitere Stoffe
Der Mann beteuerte: «Ich hoffe
Die Zusammenarbeit ist das Ziel
Diese Steine bedeuten viel
Rot, die Farbe des Feuers und der Entschlos-
senheit
Weiss, die Farbe der Unschuld und Ver-
gänglichkeit
Grün, die Farbe von Hoffnung und Leben
Ich kann dir alle Steinsorten geben

Interesse, ich sehe es an deinen Augen
Ich werde auf dich bauen»

«Die Steine für ein besseres Land?
Weg vom Verrat, da gebe ich dir die Hand»

So schlossen sie einen Pakt
Und blieben in Kontakt
Der Baum sollte nichts mehr zu sagen haben
Vergangen waren seine Gaben
Sie animierten die Leute, um vom Baum des
Lebens zu verschwinden
Und sich an einen anderen Ort zu binden
Sie redeten mit den Bewohnern und durch
die Hilfsbereitschaft des Magiers ein Klacks,
ohne Mühen
Sie schritten in jedes Haus durch die Türen
Und überzeugten sie von der Reise
Auf gutherzige Weise

Und dann zogen sie los
Seine Vorfreude war gross
Die Leute beschritten den Weg ohne Prob-
lem
Sie wollten auf dem neuen Platz stehn

Auf dem Platz überreichte der Mann dem
Magier seine Steine
Sie waren jetzt seine
Nun errichtete er mit Hilfe seiner Magie eine
Mischung aus Blättern, Harz, Ton, Kalidol
und Balten

Die Steine mussten aufeinander halten
Mit der Mixtur konnten sie zudem ihren
Glanz bewahren
Wodurch die Leute mit dem Abenteuer die
Aufregung gebaren
Der Magier und sein Freund gewannen wei-
ter an Vertrauen
Auf sie beide wollte man bauen
Die beiden Freunde hatten es vollbracht
Der Magier zauberte mit seiner Macht
Wodurch er gute Leistungen erbrachte
Weshalb er sowohl mit dem Mond als auch
der Sonne lachte

  Welche Sensation
Er galt als der stellvertretende Herrscher der
Organisation
Die Leute errichteten ein Schloss
Für jedes Detail nutzte der Magier einen an-
deren Spross
Die Wände waren hoch und die Fassade be-
schichtete man weiss
Es war geschützt vor dem Schnupfen und
dem Schweiss
Man bestückte die Wände mit Edelsteinen
und bildlichen Ausdrücken
Die Decken bestand aus aufgemalten Perso-
nen, Landschaften, Gras, Wasser und Brü-
cken
Sie arbeiteten, bis das Haus entstand
Selbst der König half von eigener Hand
Der Alchemist half enorm mit der Magie

Er besass am meisten Energie
Und gleich danach stand eine Hochzeit an
Der Magier stand neben dem Bräutigam
Er gratulierte
Und war verantwortlich, dass er am Ende
den Zauber der Vögel bewirkte
In Scharen kamen sie
Es war die Feier der Symphonie
Ein unvergessliches Erlebnis
Sowie ein Kind im Bauch mit jungem Ge-
dächtnis

Der Magier erhielt ein Zimmer im Palast
Da er das Alleinleben hasste, blieb er bei der
Königsfamilie ein Gast
Zudem studierte er die Steine genau
Auch wenn er noch so tief eintauchte in die
Struktur, er wurde dennoch nicht schlau
Er betrachtete die Kombination der perfek-
ten Oberfläche
Mit dem Gedanken daran, dass er diese
Struktur niemals zusammenbrächte, war eine
Schwäche
Er experimentierte mit Kolben, Destillatio-
nen und Reagenzgläsern
Magie, Flüssigkeiten und Gräsern
Der Zauberer filtrierte Mixturen und den-
noch erreichte er nie sein Ziel
Was ihm sehr missfiel
Die Teile der inneren Steinstruktur hielten
aneinander und waren unzerstörbar

Und zum ersten Mal war er mit der Magie
undankbar
Jegliche Zauber probierte er, doch nichts
wirkte
Er war der böse Hirte
Seine Wut sprudelte um die Misserfolge jeden Tag
Niemand gab ihm bezüglich der Lösung einen Ratschlag

Dann hörte er das Kreischen der Gebore-
nen
Seine Vorstellung erwachte als die beiden
Seelen der Verlorenen
Ihr Gesicht war so süss mit den Augen
Der Alchemist konnte das Erlebnis nicht
glauben
Er und sie
Der Magier hörte bereits die Hochzeitsmelo-
die

Die Königin wurde krank
Ihre Sichtweite sank
Die Elfe bekam eine glanzlose Haut
Sie wurde um ihre Schönheit beraubt
Sie bekam Fieber so heiss wie das Herz im
Feuer
Ihre Arzneien waren teuer
Jeden Tag verabreichte er ihr ein Linde-
rungsmittel
Bensjalim lautete dessen Titel
Der Magier fand eine Spur

Allerdings aus der vergangenen Zeitens Uhr
Ein Unwetter, die Energie der Striemen
Diese blieben
Jetzt erst griffen sie die Blutkörperchen an
und sie gewannen
Die Konsequenzen von Nir begannen
Einer der letzten Elfen jener Gegenwart
Die Erkenntnis war hart
Der Alchemist wusste, es war nur eine Frage
der Zeit
Der Tod lag nicht weit
Dennoch tat ihm dieses Erlebnis nicht leid
Er sah jedes Mal die Prinzessin in ihrem
wunderschönen Kleid
In ihr Gesicht verliebte er sich heimlich
Und verhielt sich der Königin gegenüber
scheinheilig
Niemand durfte wissen, was er in Wirklich-
keit dachte
Und er musste jedes Mal die wahre Bedeu-
tung dahinter verheimlichen, wenn er lachte

  Aus dem Nichts kam eine Einladung
Des neuen Dorfes Betrachtung
Von der Prinzessin höchst persönlich
Sie war wie immer rebellisch und höflich
Die Häuser benötigten einen flüssigen Hart-
stoff
Und fragte nach einer Mixtur für den Roh-
stoff
Der Magier mixte die härteste Substanz an,
die möglich war

Und übersah die Gefahr
Durch das Pressen der Kirosblume und Filt-
rieren mit Wasser und Klebesubstanz Aller-
gie
Produzierte er den Stoff Kontasie
Sofort überreichte er den Willigen den Kle-
ber
Als erstes erhielten die Mixtur der Schmied,
die Kräuterhändlerin und der Weber
Stolz auf seine Leistung, bekam er von der
Prinzessin Lob
Seine Antwort war darauf fürsorglich und
nicht grob

  Der König fragte nun wegen einer Wand
gegen den Baum
Seine Existenz sollte wirken wie ein Traum
Eine reine Illusion aus vergangener Zeit
Für jedes Opfer war der König bereit

  Und der Magier wusste nicht wie
Doch irgendwann fand er sicherlich die be-
nötigte Energie
Und fragte scheu nach dem Pfau:
«Ich will eure Tochter als Frau
Sobald sie erwachsen ist, soll sie mein sein
Ich frage dich, denn sie ist dein
Habe ich deine Erlaubnis, mein Freund?
Bis in alle Ewigkeit von heut»

Der König nickte und gestand:
«Ihr sollt für alle Zeit vereint sein mit dem
ewigen Band»

Die Einladung für die Dorf Besichtigung
Wies den Magier in nur eine Richtung
Er suchte das Gespräch mit ihr
Deswegen stand er auf dem Platze hier
Die Prinzessin lief herum und sah einen
Mann
Seine Eifersucht wurde gross, da der fremde
Mann gewann
Er beobachtete die Prinzessin aus der Ferne
Genau dieser Künstler wäre der Magier
gerne
Er hörte sich um und da hörte der Alchemist
Anscheinend erzählte er viel Mist
Daher beschloss er zurückzukehren und der
Prinzessin seine Liebe ein anderes Mal zu
gestehen
Wegen dieser Enttäuschung wollte er sie an
diesem Tag so wenig wie möglich sehen
Er wollte ihre Zukunft ein anderes Mal prei-
sen
Um ihr die Lichtung zum Blumenmeer zu
weisen
Dort wollte er es tun
Es diente als romantische Geste für seinen
wertvollsten Reichtum

Doch zuerst petzte er, was er beim Brunnen
sah
«Sie war da
Und führte ein Gespräch mit einem Mann
Der durch Diebesgut gewann
Tötet ihn, sie gehört mir
Behandelt ihn wie ein Tier»

Der König versicherte ihm, sie wird den
Mann nie wieder sehen
Er könne beruhigt gehen

Trotz des Verbots und wegen ihrer Lücke
Entfloh der Pfau in Form einer Ratte und
Mücke
Er sah, wie die Frau oft während des Tages
verschwand
Einen Zauber nähte er an ihr Gewand
Er kannte ihr Vorhaben und beobachtete,
wie sie Brot aus dem Schloss stahl
Diebstahl, der Mann traf seine Wahl
So verzauberte er ein Stück Brot mit einem
Fluch
Die Seite riss er aus einem Buch
Um deren Gegenwirkung zu vernichten
Der Dieb dufte keine Hoffnung lichten
Dieses Brötchen legte er in ihren Korb
Und am nächsten Morgen war das Gebäck
mitsamt Behälter bereits fort

Er betrachtete das Erlebnis nicht
Im Brötchen gab es ein Licht

Er sollte Sein sein
Und nach seiner Pfeife tanzen, so wäre es
fein

Es vergingen einige Monate und der König
erkannte
Die Prinzessin löste ihre Schranke
Und der Zauberer erzählte
Dass sie das Leben im Dorfe wählte
Er sollte eine Form der Rache finden
Um dieses Ungeheuer mit dem Baum zu
verbinden
Der Magier sagte, er müsse ausziehn
Und zur Prinzessin und ihrem Manne fliehn
Alles diente zur Vorbereitung, um Rache zu
gestalten
Und der König sollte sich normal verhalten

So zog der Magier um und staunte nicht
schlecht
Hier herrschte kaum Recht
Also nahm er die Staatskasse an sich, um für
Ordnung zu sorgen
Und sah den Mann ohne Sorgen
Kein Leid
Kein Totenkleid
Keine Wirkung vom Gift
Er wurde nicht ins Jenseits geschifft
Und trotzdem fühlte sich der Magier stärker
Das Band zwischen Prinzessin und Dieb
wurde härter

Er hatte eine Lösung gefunden für eine
Kuppel
Aus den Materialien von Diona Jalilah und
dem spitzen Sunkel
Der farbige Stein lila
Aus dem entsprang das Pigment Diona
Jalilah
Eine krustige Schicht aus dem roten Edel-
stein, gewonnen aus der Ablagerung Xila

Eine Macht, die er nicht kannte
Öffnete ihm ungeheure Schranken

Und beim Fest umschlungen
Er hatte den Jungen
Der Magier machte sich nichts draus
Die Bestie des Zaubers wollte raus
Er sagte sich: «Den Dieb werde ich auch auf
andere Weise los
Aber der Zauber ist des Baumes Todes-
stoss!»

Sofort sagte er die Nachricht dem König, er
könne schauen
Man könne immer auf ihn bauen

Das Wesen erwachte im Wald
Der Magier umkreiste sowohl Baum als
auch Gestalt
Der Kreis gezogen durch Elastizität und
Spur
Und folgte dem genauen Mass der Schnur

Für den Baum und das Ungetüm gab es keinen Ausbruch
Und da sprach er den Zauberspruch:

«Aus der Tiefe der Finsternis entstammst du, oh Pracht
Deren Wirkung mit dem Wort erwacht
Die Kraft von unten
Vor vielen Jahren in die Dunkelheit gesunken
Blutrot verzweifelt
Derjenige, der zum Sonnenuntergang reitet
Mond der Sterne
Nimm uns die Wärme
Der morgige Tag soll vergessen werden
Lasse uns heute sterben
Ich entreiss dir deine Magie
Und benutze die Glückseligkeitsenergie
Nur reine Seelen des Steines gehen ein und aus
Wer drin ist, kommt niemals raus
Bis in alle Ewigkeit, deine Kraft ist mein
Mögest du verborgen sein
Steige auf
Wasser, fliess bergauf»

Die Kuppel erhob sich in der Farbenpracht aller Steine
Die Wand war seine
Sowie das Wesen, das er besass
Und nur noch seine Gedanken las
Er kontrollierte ihn

Die Gefahr der Kontrolle, weswegen er ihn
weglockte zur Wand hin
Das Wesen Sein
Er schaute gemein
Bis die Kuppel sich verschloss
Sein Albtraumschloss

Dann ging er ins Dorf zum Mann
Der zeitgemäss auf seinen Wege kam
Bei seinem Anblick kam der Gedanke an die
Vergangenheit auf, der ihn schon länger
plagte
Der Magier nahm ihn zur Seite, sagte
Und zischte
Und dabei unterschiedliche Tonlagen der
Wut vermischte:
«Verzieh dich oder du siehst deine Frau nie
wieder
Deine Frau singt schöne Kinderlieder
Zu schade, wenn das Kind diese niemals hö-
ren würde
Ihre Zukunft ist deine Bürde
Die Prinzessin wäre mein gewesen
Dann kamst du mir in die Quere, du undank-
bares Wesen
Du hast mir mein Herz gebrochen
Du hast eine böse Tat verbrochen
Die Arbeit bekamst du wegen mir
Ich garantiere dir
Qualen bis in die Unendlichkeit werde ich
ihnen zubereiten

Diesen Weg sollen sie doch nicht beschrei-
ten?
Daher verschwinde von hier, aber schnell
Die Sonne scheint noch hell
Dunkle Nebelwolken kommen entgegen
Schon bald folgt Regen
Jetzt hast du noch die Wahl
Kopf oder Zahl»

«Du wirst nicht gewinnen
Ratte, diesem Namen wirst du nicht entrin-
nen
Deine Erpressungen für mehr Edelsteine
Diese Farben sind bald graue Steine
Ich werde von hier verschwinden
Meine Frau wirst du niemals an dich binden
Sie hat mich gewählt
Mit deiner Erpressung hast du weit verfehlt
Ich werde Rache nehmen für deine Tat
Was du begehst, nenne ich Hochverrat!
Und meine Vergeltung wird bittersüss
schmecken
Ich werde deine Wunden lecken
Und mich darin wälzen wie ein Schwein
Du kannst dich nicht aus deinen Ketten be-
frein»

Der Mann zog ab
Ein Besuch fand statt
Die Ratte ging zur Frau und schaute ins Zelt
Da zerbrach seine Welt
Ein Mädchen so süss wie die Mutter selbst

bei der Geburt
Er dachte sich: «Diese Frau ist verhurt
Ich nehme dieses Kind
Nach Hause geschwind»

  Einige Tage später kehrte er zurück
Und schaute nach seinem zukünftigen Glück
Die Mutter lag schwach mit der Tochter im
Bett
Vor ihm stand kein Brett
Bei sich hatte er eine Botschaft
Für seine Leidenschaft
Eine Vase und eine Blume
Für die sprechende Mumie
Er trat ein
Die Tochter war klein
Und sie schickte ihr Kind hinaus
Raus aus dem Haus

  «Ah, die Pest
Wählte also Euch als Nest
Schwarze Punkte, die Seuche
Das letzte, was dieses Mädchen jetzt
bräuchte»

  Der Magier drehte Pirouetten mit seiner
Robe
Und stellte die Vase und die Chrysanthemen
auf die Kommode
Die Pflanze stach sofort ins Auge
Und erklärte, dass die Blume den Geist ihrer
Tochter aussauge

«Ich wollte dich als Frau
Leider widersprach der Pfau
Schade, dass sie einen anderen bevorzugte
Weswegen ich ihn verfluchte
Aber eine andere, die Tochter des Pfaus
sieht besser aus
Sie kommt mit mir ins Königshaus
Gemeinsam leben wir im Palast, glücklich
und allein
Das Liebesband wird uns vereinn
Ihre Leidenschaft zu mir
Ist diejenige von ihr
Ich liebe sie und nehme sie schon bald als
Frau
Schau
Den Ring habe ich schon
Sie ist meiner harten Arbeits Lohn
Und du wirst im Himmel zuschauen, wie ich
sie liebe und schände
Und du wirst sehen, es sind meine Hände
Als Rache, dass du ihn wähltest
Und mich quältest»

Er sah zur Tochter, wie sie im Gras spielte
Und sah, dass jemand auf ihn zielte
Er verzog sich sofort
Hinein in seinen Wohnort
Dort experimentierte er weiter mit der alten
Macht und dem Gift
Welches den Jungen langsam auffrass, es
war seine eigene Schrift

Den Schatten begleiteten Schuldgefühle und
der Tod
Seine Wunden flossen rot

Er gab ihm eine Pflicht
Eine gefühlslose extra Schicht
Er durfte niemals nachgeben
Die Erde war am Beben

In den Steinen fand er eine Helzo Struktur
Ein Teil des Herzens Spur
Die den Kern einschloss
Das Herzstück versteckte sich aber nach wie
vor hinter dem Schloss

Ein wunderbares Geschenk seit der Entdeckung der Farbe
Da spielte eine Harfe

Traurige Melodien wie der Todesfluch Ma-
lanie erklangen
Er ging zur Quelle und sah, wie die versam-
melten Personen sangen
Und betrachtete eine Frau in Weiss auf der
Strasse im Schlamm
Das Kindchen, welches im Dreck schwamm
Viele Jahre waren vergangen und doch keine
Ewigkeit
Der Abschied stand bereit
Der Magier weinte nicht
Stattdessen schielte er zum Mädchens Au-
genlicht

Er wollte sie ergreifen und aufnehmen, doch
eine andere Familie war zuerst
Es war ein trauriger Herbst
Die Beerdigung seiner ehemaligen Liebe
verweigerte er
Der Abschied vom Mädchen war zu schwer

Und er hatte eine Idee für das Gestirn
Das Vernehmen von Trompeten im Hirn
Der König rief
Währendem sein Fortschritt lief
Wütend teleportierte er sich zu ihm
Seine Wut liess er gegen den König ziehn
Und er erzählte vom Tod
Sein Kleid tropfte blutrot
Und der Magier brüllte: «Verrat
Eine geschuldete Tat
Nicht eingehalten von dir
Dein Königreich gehört jetzt mir!
Du sollst im Dreck leben, wo du hergekom-
men bist
Und ich sorge dafür, dass du dein gesamtes
Leben mit all deinen Erinnerungen vergisst
Mich bei meiner Arbeit zu stören, was für
eine Beleidigung
Wegen dir habe ich meinen Fortschritt ver-
loren und dafür gibt es keine Entschuldigung
Dein Schloss gehört jetzt mir
Ich teleportiere dich weg von hier!»

Gesagt, getan
Der Magier handelte im Wahn
Der König war weg
Das Schloss besass nun keinen Zweck
Daher schloss er sein Haus in der Seuche
des Dorfes
Hervorgerufen durch die Wirkung des Kle-
bers und des Torfes
Er bepackte sein Ross
Und lebte und experimentierte weiter im
Schloss
Er erforschte die Wirkung der Kristalle und
Herzen
Welche ihn schmerzten

Jeden Tag ging er hoch in den Turm
Und beobachtete Gretchen, als wäre sie der
Wirbelsturm
Jeder Aktivität lauschte er
Die Arbeit mit den Edelsteinen fiel ihm
schwer
Er machte Fehler über Fehler
Er hatte keine Begabung zum Lehrer
Seine Gedanken gehörten Gretchen allein
Er wollte bei ihr sein

Verkleidet schlich er sich raus
Und setzte sich neben ihr Haus
Im Augenwinkel sah er einen Tiger gefähr-
lich blicken
Er hatte das Gefühl, an der Spucke im Hals
zu ersticken

Denn das Blaue in den Augen
Liess ihn nicht an sich selbst glauben
Zudem spürte er die Macht
Des Baumes Pracht
Sofort nahm er die Flucht auf
Und ging zurück in sein Haus

Dann verschwand sie
Der Alchemist war traurig und ohne Energie
Er war enttäuscht
Und er fragte sich, haben ihn seine Sinne getäuscht?
Doch er sah Gretchen nicht
Das verschwundene Licht
Als er sie wieder fand
Hatte sie nur noch eine Hand
Und ein Tiger begleitete sie, wie ekelhaft
Doch von ihm spürte er nicht dieselbe magische Kraft
Den Mann erkannte er sofort
Und warf die Reagenzgläser vor lauter Zorn,
Enttäuschung und Wut fort
Den gesamten Arbeitsplatz zerlegte er in
Kleinholz
Und verstreute durch das Monster noch
mehr zurückgebliebenen Stolz
Wieder dasselbe Spiel
Für den Zauberer war dieser Verlauf zu viel
Stattdessen konzentrierte er sich auf die Alchemie
Und spezialisierte sich auf die verbotene
Magie

Er blieb zurück und isolierte sich im Schloss
Und verkaufte dem nächsten Händler sein
Ross
Er nahm teures Werkzeug aus Elfenschmie-
den
Die aus vergangener Zeit zurückblieben
Mit ihnen musste die Errungenschaft ge-
schehen
Ansonsten wollte er nicht weiter sehen

   Nun drang er Schicht um Schicht in den
Edelstein ein
Und entwickelte und bestaunte die Struktur
ganz klein
Die Fasern und Verbindungen
Die Helixstruktur und deren Windungen
Eine Magieschicht umhüllte jedes Atom
Sie gaben den Steinen ihren Farbton
Hinweg fegte sein gesamter Misserfolg
Zudem entdeckte er eine Schicht aus Gold
So dünn und der Kante entlang
Sodass der funkelnde und herrliche Schall
über die Spiegelungen erklang
Glasklare Ebene mit Thoryn im Satz
Doch das Herz hinterblieb als ein verborge-
ner Schatz

   Über die Desyen Struktur fand er nichts
heraus
Doch er gab mit der Forschung nicht auf
Daher las er sich ins Buch *Die magische Gestalt* ein

Geheimnisse sollten drinnen sein
Von den Edelsteinen stand nichts
Lediglich die Entstehung des Lichts
Das Gut und das Böse im Zusammenhang
Wodurch die Harmonie erklang
Das Spiel der Scheine und Verführungen
Mit den Blicken und Berührungen
Führte zur Selbstzerstörung durch Wahn
Weswegen sie das Tageslicht nie mehr sahn

 Der Magier zerriss das Buch
Und nannte diese Worte einen Fluch
Das Herz musste gefunden werden
Erst danach wollte er sterben
Doch jegliche Bemühungen brachten kein
gewünschtes Ergebnis
Er fühlte nur noch Trauer und Verderbnis
Im Untergrund bestand die Macht der
Mächte
Schöner als Mondscheinnächte
Aber die Kraft fehlte ihm
Doch sein Diener könnte zum Ort der ver-
borgenen Stärke ziehn

 Auf dem Berge selbst durch einen Schlag
Wodurch die alte Macht in sich zusammen-
brach
Als Konsequenz zwischen Himmel und Un-
terwelt vereint
Abgetrennt wurde es mit der Hülle und ver-
steint
Die Verschmelzung allein

Durfte in der Welt niemals sein
Durch dieses Chaos entstand
Das einzigartige Land
Mit der Reinheit, Bosheit und der klaren
Grenze
Entstanden fröhliche und traurige Tänze

Der Magier verstand
Und durchbrach die fröhliche Wand
Das Monster schickte er durch dieses Loch
Durch welches das Monster auf den Berg
kroch
Er führte ihn zur besagten Stelle
Das Monster besass die Kraft der stärksten
Welle
Und der Magier pochte auf die Öffnung,
doch schlug mit dem ersten Versuch fehl
«Mit mehr Wucht!», lautete der nächste Be-
fehl
Sogar der Magier drückte mit
Doch der Deckel bewegte sich keinen
Schritt
Mit dem Stossen war er keineswegs zaghaft
Doch weder Monster noch Magier hatten ge-
nügend Kraft
Er wollte vor Wut die Einrichtung zerschla-
gen
Wie konnte sich die alte Macht seiner Zau-
berei in den Weg wagen

Die Verbindung zum Monster verlor er
plötzlich
Der Magier war gefährlich
Er geriet ausser Kontrolle
Für den Magier spielte dieses Ereignis eine
grosse Rolle
Keine Macht konnte er einsetzen, um sein
Wesen zurückzugewinnen
Er sah seine Macht gerinnen
Schnell wählte er ein Buch aus
Und las daraus
«Im Herzen allein
Wird die wahre Magie herrschen und sein
Um dies zu erkennen
Will das Feuer brennen
Mit dem Gefühl
Sommerwetter kühl
Sind die Aussentemperaturen heiss
Der weiss
Der Wille allein
Wird niemals der Schlüssel sein»

Der Blick zu den Steinen
Der Magier wusste nicht, was diese Worte
meinten
Er sah in einer Glasscherbe die Spiegelun-
gen des zerstörten Labors und dahinter sein
Heim
Er konnte die alten Mächte nicht befrein

Mit voller Wucht prallte er die Steine gegen-
einander
Im Spiegelbild sah er in allen Ebenen ein
Verwandter
Die blauen Augen
Der Magier konnte seine Entdeckung nicht
glauben
Er kroch zum Stein
«Ein Auge musste es sein»
Hämisch lachend mit dem Stein in der Hand
Sein Leben durch das wilde Vieh ver-
schwand

  Und alle Zauber seiner Tage
Stellten sein Leben jetzt infrage
Wesen, Wand, Haus, Gift und Schloss
Selbst des Händlers Ross
Die Magie löste sich auf
Und die Edelsteine mit dem Auge leuchteten
in den Himmel hinauf

Der Beschützer

Im Land der Träume und Sorglosigkeit
Stand der Tiger nicht in der Mitte der
Menschheit
Ausserhalb des Dorfes fühlte er sich wohl
Versteckt in den Baumstümpfen und Höh-
len, von innen hohl
Manchmal schwamm er auch in den Seen
Oder lief über gefährliche Gebirgsketten mit
sicheren Zehen
Doch immer hielt er ein Auge offen für die
Bevölkerung
Der Tiger mochte ihre Begeisterung
Sie sangen harmonisch in der Gruppe
Und löffelten danach eine Suppe
Sie waren wie eine Familie, niedlich
Und jeden Tag waren sie friedlich
Eines Morgens spürte der Tiger eine Verän-
derung
Sein Sinn erkannte eine alte Erinnerung
Eine Wut und Traurigkeit von ihm
Er wusste, die Leute mussten fliehn
Seine Sinne am Fell spürten den Tempera-
turunterschied
Er erkannte die Veränderung im Windelied
Und die Wolkenfarbänderung
Es war das Zeichen der Unwetter Entste-
hung

Auch wenn es nur ein Hauch war
Erkannte er die Gefahr

Sofort rannte er ins Dorf im Paradies
Worauf er seine Bedenken über das Wetter
äusserte und das Handeln der Bevölkerung
überliess
Sie glaubten
Alle vertrauten
Er führte die Leute in ihre Häuser hinein
Niemanden liess er allein
Einer schwangeren Frau diente er als Stütze
Lieh einen Teil seines Fells für eine Mütze
Kleine Kinder trug er mit dem Mund in die
Häuser
Die Folgekosten waren teuer
Doch ihm fehlten zwei Personen
Der Tod durfte nicht deren Körper bewoh-
nen

Der Vater des Jungen überreichte dem Ti-
ger einen Schnuller
Die Mutter entsetzt und voller Kummer
Das erste Kind fand er schnell
Es versteckte sich in einem Gestell
Der Tiger machte sich nach der zweiten Per-
son auf die Suche
Er folgte dem Geruch zu einer Buche
Es hallte Donnergeräusche und es jagte
Blitze
Regentropfen schossen gegen die Nasen-
spitze

Schneller und wilder
Er sah menschliche Trauerbilder
Er rannte durch den Regen
Und erkannte zwei glückliche Leben

  Das Mädchen hatte er noch nie zuvor gesehen
Und der Tiger wollte die Situation verstehen
Sie konnte nicht aus dem Dorf sein
Doch ihre Sicherheit zählte allein

  Er sah den Jungen mit der Elfe in der
Höhle sitzen
Und schöne Worte in die Baumrinde ritzen
Sie schliefen in der Nacht
Eine Liebesmacht
Weswegen er sie nicht störte
Wie er auch die Donnernacht hörte
Er wartete abseits und sah, wie sie am Morgen zur Siedlung zurückkehrten
Und dass sie sich nicht gegen die Liebe
wehrten

  An jenem Tag schneite es auf dem Berg
Die Farbe war wie sein Werk
Der Neugierde führend
Das Dach der Welt berührend
Er kletterte auf den Berg
Es war für ihn ein wunderschönes Kunstwerk
Die Kälte störte ihn nicht
Sowie das glänzende Licht

Zwei Säulen, die die Ewigkeit bedeuteten
Und sich an dem Glück erfreuten
Im eiskalten Schnee
Fühlte er nie Heimweh
Und dort oben ebenfalls wie beim Jungen
War das Glück für ihn entsprungen
Er sah eine Tigerin im Schnee liegen
Und erkannte ihre Seele langsam in den
Himmel fliegen
Blutroter Boden markierte ihre Stelle
Über ihr lag eine leichte Schneewelle
Der Tiger rannte durch den Schnee und
sprang von Loch zu Loch
Da er an ihr die Gefahr roch

    Und als er ihren ruhigen Körper sah mit
schwachen Atemzügen
Wusste er nicht, was er tun soll, es war kein
Vergnügen
Die Situation war ärgerlich
Er streichelte ihren Kopf und bückte sich
Und nahm sie auf den Rücken
Er watete mit ihr durch den Schnee, doch
der Weg hatte seine Tücken
Nach allem
Durfte sie nicht herunterfallen
Sich zu orientieren, hatte er nicht verlernt
Eine Höhle lag nicht weit entfernt
Der einzige Unterschlupf weit und breit
Die Tigerin war näher dem Tode geweiht
Er legte sie neben eine Pfütze und sauste in
den Wald für einige Kräuter und Pflanzen

Welche sich tief in den Böden und hinter
Baumstümpfen verschanzten
Auf dem Weg stahl er einem Hasen eine Ka-
rotte
Er bereitete die Salbe zu und eilte schnell
zurück zur Grotte
Die Tigerdame begann zu schwitzen
Die Paste sollte auf ihrer Wunde sitzen
Einige Dankeseinlösungen für ihn
Dann wollte er wieder seine Wege ziehn
Um sich seiner Verletzten zu widmen
Da ihre Gedankenströme litten

Vorsichtig bestrich er die Wunde mit der
Paste
Der Blutstrom verblasste
Das Zittern der Augenlider
Immer und immer wieder
Bedeuteten gute Aussichten
Nun musste sie nur noch die Augen öffnen
und den Blick zur Sonne richten

Nach einem Tag sichtete sie Licht
Und verstand nicht
Wie sie überleben konnte
Ihr zeigte man ihre letzten Momente
Sie roch den Geruch eines anderen Tieres in
ihrer Nase
In der Wasserquelle erschien eine Seifen-
blase
Glühwürmer zogen in die Dunkelheit
Der Schneesturm tobte draussen, doch in der

Höhle waren sie in Sicherheit
Die Tigerdame dankte ihm und verfiel
Seine Augen und seine Taten waren zu viel
Während der Sternenzeit verliebten sie sich
in der Höhle
Zusammen mit dem Kräuterduft, eine Idylle

Die Tigerdame kannte die Natur
Von hier kam ihre Spur
Der Tiger beschloss, bei ihr zu bleiben
Um Abenteuer gemeinsam zu beschreiten

Jahre vergingen und der Tiger wurde geru-
fen
Er sagte der Tigerdame Bescheid und stieg
auf die Stufen
Und weiter zum Wald und Baum
Er sah keine Leute im besagten Lebensraum
Verwirrt und irritiert
Hatte sich der Tiger im Orte geirrt?

Der Geruch trübe, leer, verbunden mit der
Bitterkeit und Hass, das Dorf war verloren
und verlassen
Der Tiger konnte ihre Entscheidung nicht
fassen
Niemand feierte hier an diesem Platz der
Fröhlichkeit
Es stand nur noch ein Baum ohne Sicherheit
Seine Seele war dem Ende zugewandt
Der Ast berührte der Tiger mit seiner fehlen-
den Hand

Die Betrübtheit erkannte der Tiger in allen
Blättern und Zweigen
Keine Stifte, um Geschichten zu schreiben
Puppen, Besteck, Ketten stampften die Be-
wohner in die Erde
Jegliches Wasser verdampfte und sie hinter-
liessen sogar ihre Pferde
Das Dorf brannte
Es war das menschliche Wort für Danke
Bücher, erkennbar an den Umrissen, loder-
ten im Feuermeer
Den Tiger schmerzte der Anblick sehr
Er hörte aus dem Gebüsch das leise Ra-
scheln und roch einen Duft
Eine seltene und doch befreundete Luft
Er erkannte ein braunes Fell
Die Augen leuchteten hell
Ein Wolf trat aus dem Dickicht und sah
ebenfalls verwirrt aus
Alle Menschen zogen aus dem Walde aus

Der Baum brach
Seine Stimme mutlos und sprach:
«Die Leute haben eine Intrige gegen mich
geschworen
In ihrem Sinne ist die Welt verloren
Das Verständnis ist abhandengekommen
Sie verhalten sich bescheuert und benom-
men
Als wären sie Kinder, leben weiter zurück
als die Vergangenheit
Und die Welt schreit

Sie brüllt nach Veränderungen der Harmonie
Der Zwang zur Einheit und Symmetrie
Ordnungszwänge wie drinnen oder draussen
Welche immer brausen
Tiger, ich gebe dir die Macht des Beschüt-
zers, der du bist
Da du die Worte zwischen den Zeilen liest
Auf dem Berge liegt dein Platz
Schau auf deinen kleinen, wertvollen Schatz
Und du Wölfelein
Beschütze das Wäldlein
Das Böse darf nicht siegen
Niemals darf die Macht auf den Boden flie-
gen
Der Berg
Ist das wichtigste Werk
Nun geht und kehrt in das Paradies niemals
zurück
Findet auch ihr euer Glück»

  Mit diesen Worten strömten Kräfte vom
Baum zum Tiger
Von jetzt an war er des Berges Krieger
Wolf und Tiger verabschiedeten sich
Und rieben ihre Felle brüderlich
Es war eine Verantwortung für beide Seiten
Und sie wollten diese Pfade bestreiten
Dann zogen sie ihres Weges
Er verbrachte Jahre auf den Berg und ging
eines Tages runter in die Richtung des Ste-
ges

Der Tiger roch einen rosigen Duft von Os-
ten
Dessen Geschmack er wollte kosten
In der Ferne sah er eine Mutter mit Kind
Zu ihnen rannte er geschwind
Der Duft roch intensiv
Die Augen leuchteten positiv
Doch er wollte sie zum Rückzug bringen
Die Frau entdeckte ihn und konnte in seine
Sinne eindringen
Sein Gedanke spiegelte sich im Auge wieder
Die Frau sang Kinderlieder
Und eine Traurigkeit trug sie im Herzen
Ein Schlag voller Schmerzen
Doch die Frau verstand
Sie streichelte über die Kinderwange mit der
Hand
Da sie die Entscheidung abwog
Und zum Waldrand weiterzog
Sogleich erfuhr er den Grund
Der Tiger traf auf einen sehr grossen Hund
Danach ging er zur Tigerdame zurück
Es war nur ein kleines Wegstück

Sie durchstreiften die Berglandschaft und
versuchten ein Kind zu kriegen
Mehrere Jahre vergingen
Der Tiger wollte im Wald nach dem Rechten
sehen
Wegen seiner Mission musste er gehen
Die Tigerdame ging mit ihm
Sie wollte nicht von seiner Seite fliehn

Sie spazierten ins Tal, den Berg runter zuerst
in den Wald
Und dort sahen sie eine grausame Gestalt
Das Wesen war wild wie der Schatten
Welche die Lebewesen noch nie gesehen
hatten
Lange schauten sie das Wesen an
Dann kam der Hass zu ihnen heran
Brüllend und fauchend rannte das Wesen ge-
gen die Scheibe
Doch nicht hinüber auf die andere Weide
Der Tiger sah das Böse und die Gefahr
Die Prophezeiung des Baumes wurde wahr
Die Kraft, welche ihn durchströmte, war
dem Tiger unbekannt
Die Spur war durch dieses Wesen gebahnt
Die Schläge prallten von der Wand ab
Ungeheuerliches fand statt
Käme es jetzt zu einem Gefecht
Schätzte der Tiger seine Chancen gegen das
Wesen ab und es stand für ihn schlecht
Daher zog er weiter
Den Baum und seine Dame hatte er als
Wegbegleiter
Ihm war klar, dass dies das Wesen war, das
der Baum meinte
Weswegen der Schöpfer dieser Welt weinte
Der Schatten folgte ihnen und da er nicht
hindurch kam, bewarf er die Tiger mit Stei-
nen
Die Tigerdame begann zu weinen
Sie wurde von einem Stein getroffen

Allerdings musste sie nicht um ihr Leben
hoffen
Sie bekam Angst und kehrte zum Berg um
Der Tiger kam um die Aufgabe nicht drum
rum
Aufgrund des Verhaltes zog er ins Dorf
Mit dem vielen Torf
Dort rief ihn eine Stimme laut und froh
Dem stolzen Mädchen freundlich so
Das Gekicher war ihre Sprache
Unter einem kleinen Holzdache

Ein Kind schön und friedlich im Arm der
Mutter
Sah er Glück darunter
Der Wunsch nach eigenen Kinder lebte
Er spürte danach eine Kraft, die bebte
Sein Blick wich zu einer fremden Gestalt
Seine Augen leuchteten gierig und kalt
Sie glotzten zum Kind
Der Tiger, vom Lande, war gewöhnt an den
kalten Wind
Seine Aura war bedrohlich gegen den Mann
gerichtet
Der nun seine Augen lichtete und ver-
schwand
Die Gefahr wurde gebannt
Und der Tiger kannte diese Aura wieder
Er war der Totenkrieger
Doch auch wenn er Angst hatte, seine Macht
schien gross
Daher liess er ihn los

Eine andere Chance musste her
Sein Blick war eiskalt und leer
Das Kind allein
Sollte der Grund für seine Rückkehr sein
Und sie wagten den Versuch
Vielleicht stand eine Lösung in einem Buch
Die Elfe litt an wiederkehrenden Krämpfen
Täglich musste sie gegen den Fluch an-
kämpfen

Er trat ins Haus und erkannte
Wie jemand deren Liebster verbannte
Der Tiger kannte die Geschichte ihres Man-
nes, er erzählte dem Tiger einst, wie sein
Glück begann
Er sah dessen Geschichtsstamm
Da sie im Sterben lag, erzählte das Tier von
ihm
Nach ihrer ersten Begegnung mit ihm, gleich
nach dem Wegziehn
Traf er einen Wolf, so gross und stark
Sein äusserer Mantel war hart
Doch die Augen erzählten eine andere Ge-
schichte
Von der Rache, der Trauer und den Liebes-
gedichten
Einem Mann, der Magie
Einer Frau mit passender Chemie
Einem Wesen und dem Baum
Dem Wald, seinem Lebensraum

Tränen kullerte von ihren Augen
Sie sah ängstlich aus, ohne vertrauen
Daher berührte er sie
Da schöpfte sie Energie
Sie schaute ihn an
Der Tiger übermittelte dann
Es würde alles gut werden
Aber mit ihrem Tod würde die Schönheit
sterben
Ihr Kind sei sicher
Und sehe im Leben niemals des Magiers Ge-
sichter
Er wedelte mit dem Schwanz und zerbrach
eine Vase mit Chrysanthemen
Der Tiger wollte den Verführungszauber
mitnehmen
Damit keine Gefahr ausbrach
Der in Kürze in des Mädchens Herzen stach
Er verschwand
Und verbuddelte die Blumen auf dem Hügel
in der Schneewand

  Der Tiger kehrte zurück zur Frau
Und er betrachtete die Verletzung genau
Die Wunde heilten und sie waren gepflegt
dazu
Ohne drum rum zu reden, gab er seine
Pflicht zu
Und die Tigerdame sagte ihm
Er könne für die nächsten vier Monate nicht
ohne sie ziehn
Ihre Schwangerschaft hatte begonnen

Der Tiger war überglücklich, liess sich be-
sonnen
Doch die Freude hielt nicht an
Da ein verlorenes Menschlein in den Wald
kam
Wild und verrückt
Er war von Kopf bis Fuss mit Leid ge-
schmückt
Die klirrende Kälte liess ihn bis zu den Ze-
hen frieren
Und den Geschmack des Todes probieren
Der Tiger rannte los
Die Verantwortung gross
Ihn durchtrieb der Glaube
Auch wenn er im Schneesturm ins Nichts
schaute
Durch den Schnee springend behielt er den
Duft in der Nase
Doch die Hoffnung platze wie eine Seifen-
blase
Der Tiger kam zu spät
Der Tod hatte neues Leben gesät
Durch den Sturm, der jeden Tag hier oben
tobte
War er es, der sie aus dem Leben lotste
Der Tiger hatte kaum eine Chance
Ruhe galt für ihn, wie eine Trance

  Der Tag der Geburt näherte sich
Er liess seine Dame nicht im Stich
Sie gingen zurück in die Höhle hinein
Dort war die Gefahr der Erfrierung klein

Zumindest würden sie nicht im Schneesturm
untergehen
Doch die Tigerbabys sollten niemals das Ta-
geslicht sehen
Sie starben bei der Geburt
Die Eltern empfanden das Schicksal als ab-
surd
Das Erlebnis schlug ihnen auf den Magen
Sie hatten tausend Fragen
Aber sie schwiegen
Das Paar liessen sich nicht durch diesen
Fehlschlag unterkriegen

Nach weiteren vier Monaten der nächste
Versuch
Wieder der Tod und sie empfanden das Kin-
derkriegen als Fluch
War das der Preis für die Macht?
Leider keine Kinderpracht?

Gebrochen durch die Fehlversuche, schlich
der Tiger zur Spitze der Welt
In der Hoffnung, dass sich niemand zu ihm
gesellt
Er wollte für einen Moment Ruhe finden
Und sich an die Welt binden
Wie konnte der Wunsch nicht gelingen
Warum wollten die Vögel nicht für sie sin-
gen?
So oft sie es versuchten, nichts geschah
Keine Veränderungen, die er sah

Der Gedanke an ein Kind
Machte den Tiger kurz blind

In dem Moment sprach der Erschaffer der
Welt
Der Tiger hörte ihn in seinem Gedanken-
raum
«Einst kam ein Kind zu mir
Es war weiss wie Papier
Dieser Junge war getränkt mit rotem Hass
Der seine Erinnerung vergas
Im Inneren schläft eine Einheit der Kontrolle
Finde diese Rolle
Er ist gefährlich
Ich bin ehrlich
Spüre den Puppenspieler auf, denn er ist die
wahre Gefahr und Grösse
Verpasse ihm einige Stösse»
Der Tiger verstand
Aber er blieb in seinem Schneeland

Das Tigerpaar probierte das Kinderkriegen
ständig weiter
Ihr Ziel war der Wegbegleiter
Und dann eines Tages gelang die Zeugung
und der Neuzugang
Es erklang das liebliche Miauen der Jung-
tiere, welch herrlicher Gesang
Doch auch von denen starben zwei Kleine in
den ersten Monaten
Einige wilde Fahrten

Doch die tiefste Trauer empfanden sie
Wegen der Macht und des Berges Energie

Sie beschritten allesamt
Des Berges grosse Hand
Zwei Tigerchen hatten die Mama und Papa
nahm eines in den Mund
Eines fieberte und war nicht gesund
Sie liefen den Fussstapfen nach
Doch ein Felsen brach
Eine Lawine, ausgelöst durch das Naturge-
setz
Zerstörte ihr wunderschönes Netz
Der kleine Tiger fiel aus Mutters Mund
Das Wesen floss mit der Lawine in Richtung
Abgrund
Der Vater sprang hinterher
Er watete schwer
Den Tiger im Blick
Ihm fehlte das Geschick
Er fasste ihn nicht
Da verschwand sein Gesicht
Der kleine weisse Junge wurde vom Strom
mitgerissen
Die Familie rannte runter, ganz verbissen
Wühlte im Schnee, doch es gab kein Tiger-
chen zu sichten
Weder Geruch noch schwarze Streifen wa-
ren zu lichten
Sie hatten stundenlang gegen das Gesetz an-
gekämpft
Die Heiterkeit wurde stetig weiter gedämpft

Keine Sicht
Der Vater sah totes Licht
Seine Erfahrungen zeigten die Wahrheit
Doch der Vater wollte Klarheit
Er buddelte, bis die Pfoten Blut vergossen
und weiter
Erst dessen Fund stimmte ihn wieder heiter
Und obwohl es um seine Rettung ging
Konnten sich die beiden Tigerchen der Kälte
nicht entziehn
Daher suchten sie die nächste Unterkunft
Doch der Tiger kämpfte gegen die Vernunft
Sobald sie bei der Unterkunft waren
Wollte er weiter sein Kind vor dem Tode be-
wahren

Doch die Suche im Schnee brachte keine
Hoffnung
Der Tiger ging so weit, bis in den Todes-
sprung
An jeder Stelle suchte er
Der Verlust war schwer
Betrübt gab er die Suche für einen Moment
auf
Der Vater schaute den Hügel hoch, doch er
ging nicht nach Haus
Er beschloss, die Suche weiter zu führen
Die Müdigkeit durfte ihn nicht berühren
Nicht jetzt
Da wären seine väterlichen Pflichten bereits
verletzt

Das Tierchen konnte nur nach unten ziehen
Sein Kind konnte nicht nach oben fliehen
Ihm fehlte die Kraft
In seinem Blute floss der Saft

  Er hatte Angst vor dem Wesen, welches
sich umtrieb
Sein Tod wäre sein Sieg
Er durchlief das gesamte Landgebiet mit
dem Duft seines Sohnes
Vergebens blieb seiner Arbeit Lohnes
Daher, ohne Anhalt, kehrte er zur Frau und
seinen Kindern zurück
Und dort suchte er trotz Trauer sein Glück
Die Kinder lebten und starben
Nur eines konnten sie vor dem Tode bewah-
ren
Ihm galt die gesamte Aufmerksamkeit
Der Vater beschützte ihn gegen jede Gefahr
mit Seele und Leib

  Und dann kam ein altes Gesicht zurück
Die Familie empfand grosses Glück
Der verschollene Sohn kam nach Jahren zu-
rück
Endlich sah die Familie ihr Glück
Und nicht allein
Er wollte mit seiner Frau zusammen sein
Eine Geschichte der Hoffnung offenbarte
sich
Der Tiger sah Licht

Eine Möglichkeit, den Magier zu besiegen
Auf ihren Schultern sollte ihr Schicksal liegen
Sie gingen gemeinsam runter und sahen eine
Beerdigung
Es war die letzte Ehrung
Der Vater erkannte das Gesicht, es war ihr
hoffendes Licht
Der Tiger war geschockt und er war bereit
Für die Jungen wurde es Zeit
Der Vater zeigte ihnen das Siegel und die
Pflicht, die sie auf ihren Schultern trugen
Das Wissen, welches in ihnen ruhte

«Der Stein der Macht
Entfacht eine wunderbare Kraft
Glück und Gefahr in einem
Doch niemand darf die Kraft jemals befreien
Gefahren über Gefahren lauern hier und da
Achtet auf alles, was er einmal sah
Der Baum ist die wahre Sicherheit
Ihm schulden wir Ergebenheit
Ohne ihn gibt es kein Leben
Und niemand kann seine Aufgabe übernehmen
Momentan streift ein Monster durch den
Wald
Eine finstere und gefährliche Gestalt
Dessen Tod nichts bringen würde
Ausser einer weiteren Hürde
Das bedeutet für uns durchhalten
Das eigene Leben irgendwie gestalten

Der Kampf ist die letzte Wahl
Wir verstreuen in dieser Welt keine Qual»

  Die Tage vergingen
Keine Aussicht auf das Siegen
Und sein Sohn meldete sich:
«Das Mädchen hatte einen Lebensstich
Sie lebt und die Chance ist nah
Wir bannen die Gefahr»

  «Nein, stelle eine Verbindung zu deinen
Freunden her
Und bestelle sie her
Das ist unsere Chance auf den Sieg
Das ist das Ende vom Krieg»

  Nach so vielen Jahren verharren
Konnte er vom Berg auf die Siedlung starren
Der Tiger machte sich auf den Weg zum
Dorf
Jedes Haus stank nach dem Gift und dem
Torf
Kaum eine Seele blieb übrig
Das Wetter war stürmisch
Leichen lagen auf dem Boden
Welche die Gedanken des Tigers zum Mit-
leid bewogen
Eine Mutter sass mit dem Kind auf dem
Schoss auf dem Stuhl
Ein eiskaltes Gefühl
Der Magier war hingegen nicht da

Jedoch glaubte er nicht, was er in seinem al-
ten Haus sah
Er spürte deren Magie
Also suchte er sie
Edelsteine, die Gefahren zeigten
Die Kräfte, die ihm zum Schloss leiteten

Dort angekommen nach mehreren Tagen
Sah er, wie die Edelsteine auf dem Boden la-
gen
Vor dem Schloss war eine unsichtbare Wand
Geschützt durch die eigene Hand
Mit Magie bestückt aus Vorsicht
Doch der Tiger stand im Licht
Und sprang hindurch ohne Konsequenzen
Auch seine Magie hatte ihre Grenzen
Das Gelächter, die Verrücktheit hörte er
Die Entscheidung fiel dem Tiger nicht
schwer
Die Chance war da
Die er jetzt sah

Leise trat er durch die Tür
Die Unberechenbarkeit im Gespür
Er fixierte mit seinem Blick die Steine
Alle waren seine
Der Magier hatte das Chaos und die Kata-
strophe aus alten Büchern geebnet
Und hatte es mit den teuersten Materialien
der Welt veredelt

Die Bücher, die niemals jemand berührte
Aber genau diese Magie war es, die er spürte
Der Tiger fragte sich wegen dieser Qual und
dem Wissen
Alte Zauberer aus Elfenzeiten legten dies
Steinen unter ihre Kissen
Um das Wissen versteckt zu halten vor an-
deren Leute
Viele Exemplare besass der Magier heute
Und woher kam dieser Einfluss
Das war ein geliebter Todeskuss
Um die Welt brennen zu lassen
Die Welt war in den Augen der Elfen ein-
sam und verlassen
Und deswegen versteckten sie ihre Energie
im Berge und in den Edelsteinen
Da die Farbe die Macht der Magier meinen
Ihre Ordnung im System
In der Ordnung gab es kein Problem

Leise und sanft
War die Angst verdampft
Der Magier zeigten ihm den Rücken
Und mit einem Satz
Leise wie ein Spatz
Landete er auf ihm
Der Zauberer konnte unmöglich fliehn
Der Tiger drückte den Mann auf den Boden
Der Magier betrachtete die Edelsteine von
oben
Er hatte eine grausame Fratze

Der Tiger hob seine Tatze
Und der Magier starb mit dem ersten Pran-
kenhieb
Sein Körper wirkte wie ein Sieb
Kerzenständer hielten an den Ecken
Diese sollten das Gebäude in Brand stecken
Jedes Buch, jeder Edelstein sollte ver-
schwinden
Und sich niemals mehr an den Menschen
binden
Gesagt, getan
Da verschwand der Grössenwahn

Seine Magie verblasste
Die Decke bröckelte und das Gebäude
krachte
Der Einsturz war eine Frage der Zeit
Erste Brocken fielen bereits
Der Tiger rannte aus dem Haus
Mit der Magie war es aus
Das Schild, das Haus, die Gegend, alles aus
einer alten Zeit
Es war der Beginn der Freiheit

Das gesamte Grundstück brach zusammen
Das Schloss stand in Flammen
Es brannte lichterloh am Abend
Die Boten waren die Raben
Und der Tiger kehrte zu seiner Familie zu-
rück
Und dort erfuhren sie Glück

In dieser eisigen Landschaft
Sah der Vater endlich seine gesamte Ver-
wandtschaft
Seine Kinder waren Retter
Sie trotzten dem stürmischen Wetter
Der einst verlorene Sohn
Verdiente von seinem Vater einen besonde-
ren Lohn

Er wurde auserkoren, als Beschützer zu le-
ben
Und das Glück der Welt anzustreben
Bis er den Kopf senkt
Und seinen Kindern seine Pflichten und das
Geheimnis des Berges schenkt
Denn die Welt braucht einen Beschützer
Er ist deren Unterstützer
Die Gefahr steht immer bereit
Daher die Zeit
Für die Vergänglichkeit
Für das Geheimnis der Vergangenheit
Und der alten Macht
Der funkelnden Sternenpracht

Für ein Leben lang
Ertönt der Gesang
Und der Baum
Liegt verborgen im Raum
Er, der für das Leben steht
Wohin der Wind auch weht
Seine Existenz ist die Notwendigkeit
Für alle Zeit
- S.Desiderium

Der Baum des Lebens ist verbunden, mit dem Guten und dem Bösen.
Er spiegelt den Hass und die Liebe, in unseren Seelen wieder.
Und verbindet das Leben so wie den Tod in seiner reinsten Form.

- Cat Corres

Du bist Anfang, du bist Ende.
Deine Wurzeln sprechen Bände.
Deine Blätter, Äste, Zweige
trotzen Stürmen. Doch zur Neige
geht der letzten Jahre Traum.
Du wirst bleiben, Lebensbaum,
während meine Zeit verrinnt.
Bis das Leben neu beginnt.
- S.W. Draheim

Ende

Danksagung

Ich möchte mich an dieser Stelle sehr für dein Interesse am Buch und allen Beteiligten bedanken, die mich auf dem Weg zu diesem Buch unterstützt haben. Dieses Werk hat sehr viel Arbeit gekostet Und dabei möchte ich mich bei Erik, Sandra, Silvan, Cat, Andrej, Jana und Thomas bedanken.

Vor allem möchte ich mich bei Erik bedanken. Durch dich kam die Buchunterstützung dieser sechs Jährigen Geschichte erst zustande. Du hast mich sehr ermutigt und unterstützt beim Prozess, in dem du das Werk nach grammatikalischen und schriftlichen Fehler abgesucht hast. Du zeigtest mir durch dein Engagement, dass die Gretchenfrage eine gute Geschichte ist. Gleich nach der Rückmeldung begann ich mit der Buchumsetzung. Daher vielen, vielen Dank für deine Zeit und deine Geduld, Erik! Ohne dich würde die Öffentlichkeit niemals das Buch lesen können!

Die zweite wichtige Person auf dem Weg zu dieser Veröffentlichung war Sandra, die zum einten als Testleserin sehr bereichernde Kommentare verfasste und zum anderen durchlöcherte ich sie konstant mit Fragen.

Und ich danke dir, dass du mir zu jeder Zeit hilfreich zur Seite standst. Vielen lieben Dank, Sandra!

Silvan, Cat und Andrej möchte ich mich ebenfalls herzlichst bedanken, dass ihr die Geschichte testgelesen habt und wohltuende Kritik verfasst habt, die das Buch noch verbessert haben. Ich danke euch, dass ihr mich unterstützt habt, Silvan, Cat und Andrej!

Thomas, ich danke dir sehr viel Mal für dein grossartiges Feedback. Deine Worte zeigten mir, dass diese Geschichte wirklich für die Öffentlichkeit bereit ist. Vielen Dank dafür, Thomas!

Zu guter Letzt möchte ich mich bei Jana für dieses prächtige Cover bedanken. Als ich den ersten Entwurf gesehen habe, war ich bereits fasziniert, wie das Bild aussah. Es machte mich sprachlos und du hast Elemente eingefügt, die perfekt passten, obwohl du die Geschichte noch nicht gelesen hast. Vielen lieben Dank für das Cover, Jana!

Content Notes

Diese Geschichte enthält Szenen mit den folgenden Themen:

- Tod
- Kindertod
- Körperliche und psychische Gewalt
- Sexuelle Belästigung
- Mobbing
- Suizidgedanken